옛날 관청과 공공시설

《옛날 관청과 공공시설》은
초등학교 교과서의 이런 단원과 관련이 깊어요.

옛날 관청과 공공 시설

우리누리 글 ● 이종은 그림

주니어중앙

추천의 말

어린이가 꿈을 키우는 터전

꿈 많은 어린 시절엔 장대한 역사와 위대한 문화유산에 관한
책을 읽는 것이 좋다.
거기에는 어린이가 꿈을 키우는 터전이 있기 때문이다.
감수성 예민한 어린 시절엔 흥미로운 그림을 통하여
재미있게 이야기를 풀어간 책이 좋다.
그것은 시각적 인식을 통해 어린이의 상상력을 자극하기 때문이다.
『오십 빛깔 우리 것 우리 얘기』는 이런 필요조건을 갖춘
고급 어린이 교양도서라 할 만한 것이다.

유홍준
(전 문화재청장, 현 명지대 교수,
『나의 문화유산 답사기』 저자)

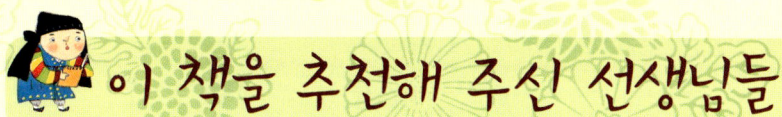

이 책을 추천해 주신 선생님들

● 전래놀이, 풍속과 관련된 수업에 활용하고 있습니다. 옛 풍속과 관련해서 요즘에는 잘 사용하지 않는 용어들이 있어서 아이들이 어려워하는데, 이 책에는 사진 자료와 함께 쉽고 정확하게 설명이 되어 있어 아이들이 이해하기 쉽게 되어 있습니다. ─ 손영수 선생님(가사초등학교)

● 아이들이 우리의 전통문화를 쉽게 접할 수 있도록 도움을 주는 소중한 자료입니다. 우리 학교의 독서 퀴즈 대회에서 매년 사용하는 책이랍니다. ─ 성주영 선생님(도당초등학교)

● 우리의 옛 풍습과 문화, 관혼상제 등에 대해 자세히 설명되어 있어 수업을 하기 전에 미리 읽어 오라고 하는 도서입니다. ─ 전은경 선생님(용산초등학교)

● 우리의 문화와 역사를 초등학생들이 이해하기 쉽도록 재미있는 옛이야기로 풀어낸 점이 가장 마음에 듭니다. 초등 교과와 연계된 부분이 많아 학교 수업에 많이 활용하는 도서입니다. ─ 한유자 선생님(삼일초등학교)

김임숙 선생님(팔달초)	조윤미 선생님(화양초)	이경혜 선생님(군포초)	염효경 선생님(지동초)
오재민 선생님(조원초)	박연희 선생님(우이초)	박혜미 선생님(대평중)	이진희 선생님(수일초)
최정희 선생님(온곡초)	정경순 선생님(시흥초)	박현숙 선생님(중흥초)	김정남 선생님(외동초)
이광란 선생님(고리울초)	김명순 선생님(오목초)	신지연 선생님(개포초)	심선희 선생님(상원초)
문수진 선생님(덕산초)	정지은 선생님(세검정초)	정선정 선생님(백봉초)	김미란 선생님(둔전초)
김미정 선생님(청덕초)	조정신 선생님(서신초)	김경아 선생님(서림초)	김란희 선생님(유덕초)
정상각 선생님(대선초)	서흥희 선생님(수일중)	윤란희 선생님(안산시근로자시민문화센터어린이도서관)	

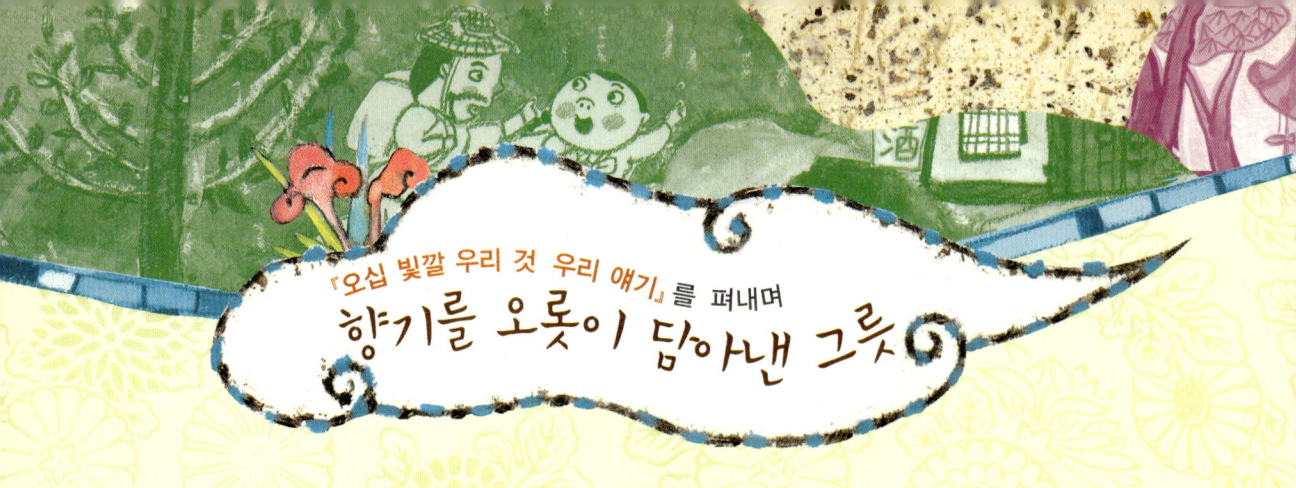

『오십 빛깔 우리 것 우리 얘기』 시리즈가 처음 출간된 지 어느덧 16년이 되었습니다. 그동안 수많은 어린이와 부모님, 그리고 선생님들의 사랑을 받으며 전 50권이 완간되었고, 어린이 옛이야기 분야의 고전(古典)이자 스테디셀러로 굳건히 자리매김해 왔습니다.

이 시리즈는 '소중히 지켜야 할 우리 것'에 대한 이야기를 어린이를 위해 '쉽고 재미있게' 풀어쓴 책입니다. 내용으로는 선조들의 생활과 풍습 이야기, 문화재와 발명품 이야기, 인물과 과학기술·예술작품 이야기, 팔도강산과 고유 동식물 이야기 등 우리나라 역사와 전통문화 모든 영역을 총망라하고 있습니다. 그리고 이를 50가지 주제로 엮어 저학년 어린이도 얼마든지 볼 수 있도록 맛깔나는 옛이야기로 담아냈습니다. 장대한 역사와 위대한 문화유산을 배우기에 옛이야기만큼 좋은 형식도 없기 때문입니다.

대한민국 국민으로서 알아야 하고 전해야 할 우리 것, 우리 얘기는 아주 많습니다. 그동안 이 시리즈를 통해 많은 어린이가 우리 것을 알게 되고, 우리 얘기를 사랑하게 되었을 것입니다. 시간이 흘러도 역사와 전통문화의 향기는 변하지 않기 때문입니다.

하지만 저희는 그 향기를 담아내는 그릇이 그간 색이 바래고 빛을 잃었다는 사실에 가슴이 아프고 안타까웠습니다. 그래서 책에서 전하는 우리 것의 향기를 오롯이 담아낼 수 있는 새로운 그릇을 찾고자 하였습니다. 그 그릇을 통해 향기가 더욱 그윽해지고 멀리까지 퍼져서 수백 년, 수천 년 전의 우리 것이 오늘날에도 살아 숨 쉴 수 있도록 생명력을 주고자 하였습니다.

이에 몇 가지 원칙을 가지고 『오십 빛깔 우리 것 우리 얘기』 시리즈를 새롭게 출간하게 되었습니다.

◎ 원작이 가지는 옛이야기의 맛과 멋을 그대로 살렸습니다.

◎ 요즘 독자들의 감각에 맞추어 디자인과 그림을 50권 전권 전면 개정하였습니다.

◎ 교과 학습의 길잡이가 될 수 있도록 연계 교과를 표시하였습니다.

◎ 학습정보 코너는 유익함과 재미를 함께 줄 수 있도록 4컷 만화, 생생 인터뷰,
  묻고 답하기 등으로 내용을 재구성하였고, 최신 정보와 사진을 수록하였습니다.

◎ 도표, 연표, 역사신문, 체험학습 등으로 권말부록을 풍성하게 꾸며서
  관련 교과 학습을 강화하였습니다.

이 책을 처음 읽었을 8살 꼬마 독자는 지금쯤 나라와 민족에 긍지를 가진 25살 자랑스러운 대한민국 청년이 되었을 것입니다. 그 청년이 부모가 되어서도 자녀에게 다시 권할 수 있는 그런 책이 되기를 바라며, 이 시리즈를 오십 빛깔 그릇에 정성껏 담아 내어놓습니다.

2010년 가을 주니어중앙

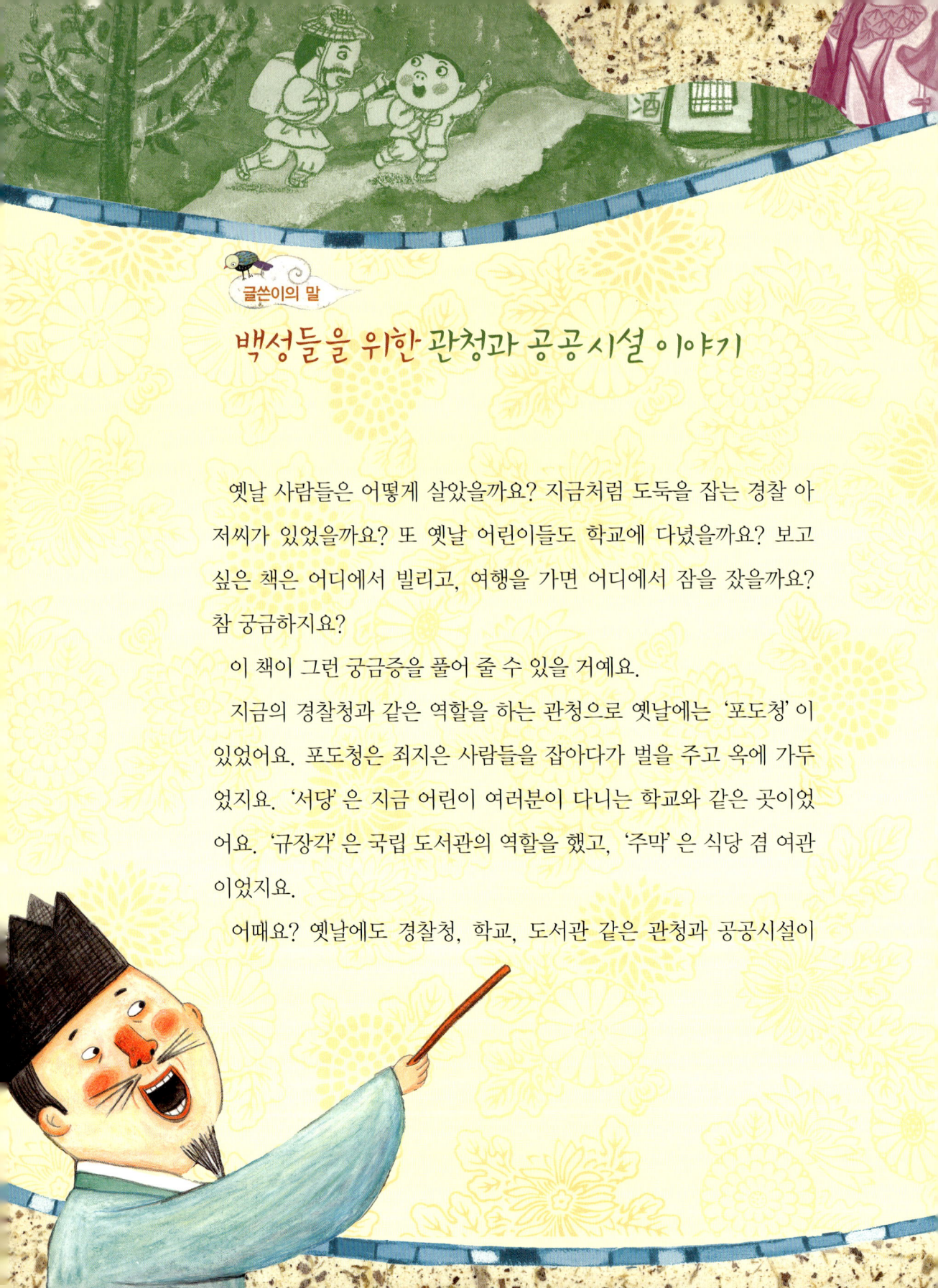

백성들을 위한 관청과 공공시설 이야기

옛날 사람들은 어떻게 살았을까요? 지금처럼 도둑을 잡는 경찰 아저씨가 있었을까요? 또 옛날 어린이들도 학교에 다녔을까요? 보고 싶은 책은 어디에서 빌리고, 여행을 가면 어디에서 잠을 잤을까요? 참 궁금하지요?

이 책이 그런 궁금증을 풀어 줄 수 있을 거예요.

지금의 경찰청과 같은 역할을 하는 관청으로 옛날에는 '포도청'이 있었어요. 포도청은 죄지은 사람들을 잡아다가 벌을 주고 옥에 가두었지요. '서당'은 지금 어린이 여러분이 다니는 학교와 같은 곳이었어요. '규장각'은 국립 도서관의 역할을 했고, '주막'은 식당 겸 여관이었지요.

어때요? 옛날에도 경찰청, 학교, 도서관 같은 관청과 공공시설이

있었다는 게 신기하지 않나요?

물론 옛날에 있었던 서당이나 규장각은 지금의 학교나 도서관과는 그 형태나 역할이 많이 달랐어요. 하지만 백성들을 위한다는 생각은 옛날이나 지금이나 다를 것이 없지요.

'온고지신(溫故知新)'이라는 말이 있어요. '옛것을 잘 배워서 익히면 새로운 것을 안다'라는 뜻이에요. 그러니까 우리 선조들의 생활을 잘 살펴보면 거기서 새로운 지혜를 깨우칠 수 있다는 말이지요. 그래서 역사를 공부하는 거랍니다.

우리 아버지와 할아버지, 그리고 그 위의 할아버지들이 어떻게 살았는지에 더 많은 관심을 기울여 보세요. 그러면 우리나라를 사랑하고 아끼는 마음이 더 많이 들게 될 거예요.

어린이의 벗 우리누리

차례

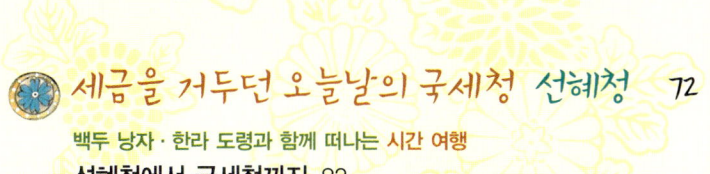

범죄를 막는 오늘날의 경찰청

포도청

순찰을 나갔던 포졸 하나가
구르듯 동헌으로 달려 들어왔
어요. 아마도 무슨 급한 일이
생긴 모양이에요.
　"대장님, 대장님! 크, 큰일
났습니다."
　포도부장들과 회의를 하고 있던
포도대장이 벌떡 일어났어요. 포
도부장 한 사람은 버선발로 마
당으로 뛰어 내려왔지요.

"또 무슨 일이냐?"

포졸은 숨을 한 차례 몰아쉬더니 무릎을 꿇고 앉으며 말했어요.

"지난밤 김 대감 댁에 도둑이 들었다고 합니다."

포도대장은 자리에 쓰러지듯 털썩 주저앉았어요. 네 명의 포도부장들도 어찌할 바를 모르고 우왕좌왕하면서 한숨만 쉬었지요. 꿇어앉은 포졸은 마치 자기가 무슨 잘못을 저지르기나 한 것처럼 윗사람들의 눈치만 살필 뿐이었어요.

한참 후에 포도부장 한 사람이 꿇어앉은 포졸에게 나가라는 손짓을 하였어요.

그때였어요.

"이게 무슨 망신이야! 엉!"

포도대장이 갑자기 크게 소리를 지르자, 일어나려 하던 포졸은 놀라서 다시 무릎을 꿇고 말았어요. 함께 있던 포도부장들도 모두 머리를 조아렸고요.

"도대체 포도부장들은 무얼 하는 게야. 그까짓 도적을 아직도 잡지 못하고 있다니. 에잉, 창피해서 살 수가 있나. 이제는 김 대감 댁까지 도둑이 들었다니, 그놈이 도대체 누구란 말인가……."

포도대장은 뒷짐을 진 채 동헌을 왔다 갔다 하며 화를 냈어요.

동헌 마당에 있던 포졸들은 얼굴도 들지 못했어요. 며칠 전에도 지체 높은 양반 집에 도둑이 들었거든요. 그런데 어젯밤에 또 김 대감 집에 도둑이 들었으니, 포도청과 포도대장의 체면이 땅으로 떨어지고 만 거지요.

"다들 통부 내놓고 집에 가서 애나 볼 텐가?"

포도대장이 포도부장들을 둘러보며 말했어요. '통부'는 포도부장이 범인을 잡을 때 보여 주는 신분증명서예요.

"당장 나가서 도둑을 잡아와. 당장!"

포도대장은 그렇게 소리 지르고는 안으로 들어갔어요. 포도대장이 들어가자 포도부장 넷이서 머리를 맞대고 앉았어요.

"이봐, 김 부장. 자네는 오늘 다시 남산골로 가서 그놈들이 숨어 있을 만한 곳을 찾아보도록 하게. 지난밤에도 도둑질을 했다면 아마 아직 한양을 뜨지는 않았을 거야."

제일 윗사람인 정 포도부장이 김 포도부장에게 지시하자, 김 포도부장은 포졸들을 이끌고 남산골로 떠났어요.

"나는 마포나루로 가 보겠소. 아무래도 그쪽에 우락부락한 건달들이 많이 모여 있을 테니."

송 포도부장이 말하자 정 포도부장이 고개를 끄덕였어요.

"이번 기회에 백성들에게 괜한 행패를 부리고 다니는 자들도 다 끌어오게나."

모두 나가자 정 포도부장은 문득 생각난 듯 서류를 뒤적이기 시작했어요. 정 포도부장이 보는 서류는 도둑질하다가 잡혀서 옥살이를 하고 풀려난 사람들의 명단이었어요.

"흠, 돌쇠 이놈은 잘못을 반성하고 장거리에서 등짐을 진다고 했지. 가만있자, 이갑석이 이 친구는 옥에서 풀려난 다음 무얼 하더라……. 아무래도 수상하단 말이야?"

정 포도부장은 고개를 갸웃하다가 급히 강 포졸을 불렀어요.

"너는 평상복으로 갈아입고 이갑석을 찾아 미행하도록 해라. 들키지 않도록 조심해야 한다."

명령을 받은 강 포졸이 옷을 갈아입고 달려나갔어요.

저녁때가 되었어요. 남산골로 갔던 김 포도부장이 허탕을 치고 돌아왔어요.

"남산골을 이 잡듯 샅샅이 뒤졌지만, 수상한 놈들은 그림자도 없던걸요."

잠시 후에는 마포로 갔던 송 포도부장이 건달패 대여섯 명을 오랏줄에 묶어 끌고 왔어요.

"이놈들이 백성들에게 행패를 부린다고 하기에 잡아 왔습니다."

"그래? 모두 고개를 들어라."

정 포도부장의 명령에 건달들이 겁먹은 얼굴로 고개를 들었어요. 그 순간 정 포도부장의 눈이 먹이를 발견한 솔개의 눈처럼 반짝 빛났어요.

"너, 이리 가까이 와 봐라. 네놈은 김막돌이렷다."

정 포도부장은 김막돌을 가리키며 큰 소리로 말했어요. 김막돌은 깜짝 놀라 고개만 끄덕였어요.

"네놈은 작년에 갑석이 패와 함께 허 진사 댁을 털었다가 잡힌 적이 있지? 갑석이는 지금 어디서 무얼 하고 있느냐?"

그 말에 김막돌의 얼굴이 하얗게 질렸어요. 그때 김막돌을 잡아 온 송 포도부장이 말했어요.

"이놈들 말로는 이갑석이가 요새 흥청망청 돈을 쓰고 다닌다 합니다. 아무래도 그놈한테서 뭔가 냄새가 나는 것 같습니다."

정 포도부장도 고개를 끄덕거렸어요.

"맞아. 그놈이 작년에도 겁 없이 허 진사 댁을 털었고, 이번 사건의 범행 수법도 그때와 비슷하단 말이야."

"그렇다면 어서 가서 그놈을 잡아 와야 하지 않겠습니까요. 저희가 다녀오겠습니다."

"서두를 것 없어. 먼저 이 자들을 옥에 가두게. 이갑석이는 이미 손을 써 두었네."

잠시 후 강 포졸이 돌아왔어요.

"이갑석이는 동대문 밖 주막에서 패거리들과 김 대감 댁에서 훔쳐 온 재물을 나누고 있었습니다."

정 포도부장이 그럴 줄 알았다는 듯 고개를 끄덕이며 말했어요.

"그래, 앞장서라. 당장 가자."

정 포도부장은 포졸들을 이끌고 이갑석이 숨어 있는 주막으로 달려갔어요. 정 포도부장은 포졸들에게 이갑석이 들어간 방을 에워싸라고 명령했지요. 그리고 방문 앞에서 큰 소리로 말했어요.

"범인 이갑석은 나와서 오라를 받아라!"

결국 이갑석은 포졸들에게 잡히고 말답니다.

포도청에서 경찰청까지

이 세상에 착한 사람만 살면 얼마나 좋겠어요. 하지만 안타깝게도 예나 지금이나 나쁜 사람들이 우리의 안전을 위협하고 있지요. 그래서 조선 시대에는 **포도청**이란 관청이 있었답니다. 과연 어떤 곳이었을지 함께 살펴볼까요?

포도청은 도둑이나 강도 같은 범죄자를 잡는 관청이에요. 조선 제9대 임금인 성종 초기에 처음 생겼는데, 포청이라고도 불렀지요.

포도청은 좌포청과 우포청으로 나뉘는데, 서울과 경기지방을 좌우로 나누어 담당했어요. 좌 · 우포청에는 각각 포도대장(종2품) 1명, 종사관(종6품) 3명, 포도부장 4명, 무료부장 26명, 가설부장 12명, 서원 4명씩이 있었어요.

그 중 포도대장은 포도청을 지휘, 감독하는 책임자로, 임금이 행차할 때 반드시 수행하도록 했어요. 종사관은 포도대장을 도와 죄인을 심문하는 일을 맡은 실무책임자예요. 포도부장, 무료부장, 가설부장은 포졸들을 지휘해 범인 잡는 일 같은 실질적인 치안 업무를 담당했지요. 서원은 기록 담당이었고요.

조선 말 포도부장의 모습

포도청은 백성들이 안심하고 생활할 수 있도록 많은 도움을 주었어요. 그러다가 1894년 갑오개혁 때 경무청으로 그 이름이 바뀌었답니다.

조선 시대에 포도청이 있었다면 오늘날에는 **경찰청**이 있어요. 이번에는 경찰청으로 가 볼까요?

우리나라에 경찰청이 처음 생긴 것은 1991년이에요. 그전에는 경무청, 치안 본부 등으로 불렸지요.

경찰청 아래에는 지방 경찰청이 있는데, 서울특별시나 부산광역시 등 큰 도시와 경기도, 강원도 등 각 도에 있어요. 작은 시나 구, 군에는 경찰서가 있답니다. 경찰서 밑에는 파출소나 지구대가 있어서 우리가 마음 놓고 생활할 수 있도록 도와주지요.

그 밖에 경찰관과 그 가족을 치료하는 경찰병원, 경찰관을 교육하는 경찰대학 등도 모두 경찰청에 속해 있는 기관이랍니다.

경찰관은 경찰청에 속한 공무원이에요. 매년 10월 21일이 경찰의 날이랍니다.

식당과 여관 구실을 함께 한

주막

"박돌아, 가자."

황포 어른이 박돌이를 큰 소리로 불렀어요. 박돌이는 냇가에서 멱을 감고 있었지요.

"예, 황포 어른. 지금 갑니다요."

박돌이는 주섬주섬 옷을 챙겨 입고 나무 밑으로 올라왔어요.

"시원하냐?"

"엄청 시원하구먼요. 땀이 쏙 들어갔네요."

"그럼 어서 떠나자. 해 기울겠다."

깊은 산 속이에요. 박돌이는 황포 어른을 따라 몇 년째 장사를 배우고 있어요. 미역이나 북어, 멸치 같은 건어물을 팔러 다니는 등짐장수이지요.

"부지런히 걸어야 어둡기 전에 재너머 주막에 당도할 게야. 오늘은 거기 가서 묵어야겠다."

황포 어른은 나이가 오십이 넘었지만, 체력은 젊은이 못지않게

좋았어요. 이제 갓 스물인 떠꺼머리총각 박돌이가 황포 어른을 따라다니려면 힘이 부칠 정도였으니까요.

큰 등짐을 진 황포 어른과 박돌이는 부지런히 고개를 넘었어요. 고개를 넘으니 멀리 주막에서 내건 깃발이 보였어요. 깃발에는 한자로 '酒(주)'라고 큼직하게 씌어 있었어요.

"황포 어른, 힘들지 않으십니까요?"

"나는 괜찮다. 네놈은 견딜 만하냐?"

"저야 멱을 감고 났더니 개운해서 힘이 펄펄 납니다요."

두 사람은 그렇게 서로 격려하며 부지런히 길을 걸었어요. 드디어 주막이 코앞에 다가왔어요.

"가만, 황포 어른. 주막에 웬 장정들이 저리도 많지요?"

"글쎄다. 무슨 일이 있는 게로구나. 어서 가 보자."

주막 앞에 이르자 짐바리를 가득 실은 우마차 서너 대가 세워져 있었어요.

"저런, 큰 장사꾼들이 당도한 모양이군. 우리가 묵을 방이 있을시 모르겠구나."

황포 어른은 그렇게 말하며 주막 안으로 들어갔어요. 주모가 황포 어른을 보고 얼른 달려나왔지요.

"아이고! 오는 날이 장날이라고, 황포 어른이 오셨는데 묵을 방이 없으니 어쩌우. 갑자기 저렇게 몰려왔으니……."

주모는 미안해서 어쩔 줄 모르는 얼굴이었어요.

"하는 수 없지. 요기할 거나 있으면 좀 주게나. 끼니나 때우고 밤길을 나서야지."

황포 어른의 말에 주모는 황포 어른과 박돌이를 부엌으로 데리고 들어갔어요.

"평상에도 앉을 자리가 없으니 여기서 들고 가시우."

두 사람은 부엌바닥에 앉아 국밥 한 그릇씩을 먹고 밤길을 나서야 했어요.

"밥값은 돌아가는 길에 주겠네."

"좋도록 하시우. 우리가 하루 이틀 본 사이도 아니고. 총각도 잘 가구려. 곤할 텐데 그냥 보내서 미안하우."

두 사람은 십 리도 더 걸어서야 다음 주막에 도착했어요.

"여긴 다리 뻗을 방이 좀 있으려나?"

박돌이는 까지발을 늘고 주막 안을 들여다봤어요. 다행히 주막 안에는 사람들이 별로 없었어요.

"어서들 오시우."

주모는 청하지도 않았는데 국밥 두 그릇과 막걸리를 소반에 받쳐 평상에 갖다 놓았어요.

"더 먹거라. 나는 술이나 한잔하련다."

그러자 박돌이는 국밥 두 그릇을 순식간에 비워 버렸어요.

"한창때 장정이라 먹는 게 다르구랴."

주모가 국밥 한 그릇을 더 갖다 주며 말했어요. 황포 어른은 빙그레 웃었어요.

"주모 인심이 좋군그래. 박돌이 더 먹을 수 있겠느냐?"

그러자 박돌이가 제 배를 두드리며 고개를 저었어요.

"황포 어른, 오랜만에 넘어오셨수. 요새 재미는 어떠시우?"

"등짐장수 재미가 늘 그렇지 뭐. 자네는 재미나게 사는가? 그런데 자네 서방이 안 보이는군. 어디 갔나?"

"우리 서방도 요새 또 등짐을 지고 나섰지요. 돈을 버는지 팔도 유람을 하고 다니는지 알 수 없지만……."

"등짐장수란 게 제 한 입 건사하기도 바쁘다는 걸 알면서 투정인가. 그러니 눌러 앉히지 왜 내보냈어."

"돌아다니는 귀신에 씌어서 가만히 있지를 못하는구먼요. 몇 해 얌전히 나무도 해다가 주고 하더니, 좀이 쑤신다며 휑하니 등짐지고 나서는 걸 어떻게 잡겠어요."

"내가 어디서 만나면 단단히 일러서 돌려보내겠네."

황포 어른이 주모와 이런저런 말을 주고받는 동안 양반집 젊은
마님이 하인 한 사람을 데리고 들어섰어요.

"주모, 내 쉴 방이 있겠나?"

주모가 얼른 허리를 꺾어 인사했어요.

"아이고, 귀한 집 마님 주무실 곳은 내실밖에 없는데요. 저와 함
께 주무시는 수밖에는……."

"그리해 주면 고맙지. 그럼 저 사람에게 먹을 것과 술 한 잔 내주게나. 나는 안으로 좀 들여 주고."

젊은 마님이 데리고 온 하인이 박돌이네가 앉은 평상에 털썩 주저앉았어요. 주모는 그새 젊은 마님을 안방에 데려다 주고 국밥 한 그릇과 막걸리를 내다가 하인 앞에 내려놓았어요.

"댁은 봉놋방에서 쉬우."

하인은 배가 무척이나 고팠던지 고개만 끄덕하고는 허겁지겁 밥을 먹었어요. '봉놋방'은 여러 사람이 함께 자는 주막의 큰 방을 말해요.

"자네는 이 늦은 시간에 어딜 다녀오는가?"

황포 어른이 하인에게 물었어요.

"마님 모시고 절에 다녀오는 길이구먼요. 아기씨 낳게 해 달라고 불공드리고 오는 길이어유."

이런저런 이야기를 주고받는 사이 박돌이는 늘어지게 하품을 하면서 자리에서 일어났어요.

"황포 어른 안 주무실라우? 난 졸려서……."

그러자 황포 어른도 일어났어요.

"나도 들어가 잘란다. 참, 주모. 뭐 필요한 거 있나? 있으면 말

하게. 지금 꺼내 주고 들어갈 테니."

그러자 주모가 황포 어른의 짐 보따리 쪽으로 다가앉았어요.

"미역이나 있으면 한 줄기 내놓으시우. 귀한 집 마님이 오셨으니 아침에 미역국이나 끓여 드리게."

주모의 말에 황포 어른은 미역을 꺼내 주었어요.

"자, 이만하면 밥값은 되겠지."

황포 어른이 짐 보따리를 들고 봉놋방에 들어가니 벌써 장정 대여섯 명이 코를 골며 자고 있었어요. 황포 어른도 박돌이와 함께 장정들 옆에 누워 잠을 청했지요. 내일 아침 일찍 또 길을 떠나야 했으니까요.

주막에서 펜션까지

주말이나 방학을 이용해 여행을 간 적이 있나요? 집을 떠나 멀리 여행을 갈 때 가장 먼저 해결해야 할 것이 바로 잘 곳을 정하는 일이지요. 우선 옛날 사람들은 집을 떠나면 어디에서 묵었는지 함께 알아보아요.

신라 시대에는 '역'이라는 곳이 있었어요. 역은 오늘날의 여관과 같은 시설인데, 주로 나라의 심부름으로 각 지방을 오고가는 관리들이 밥을 먹고 잠을 자는 곳이었다고 해요.

앞의 이야기에 나오는 주막은 일반 여행자와 서민들을 위해 생겨난 숙박 시설이자 식당이에요. 언제 처음 생겼는지 확실하지 않지만, 역사책을 보면 고려 시대에도 주막이 있었다고 기록되어 있지요. 주막은 탄막·주사·주가·주포라고도 불렸어요.

주막은 장터를 비롯해 사람이 많이 다니는 길목이나 나루터에 주로 있었어요. 서울에서 인천으로 가는 길목인 오류동, 경상도에서 서울로 가는 길목인 문경새재와 천안삼거리, 전라도와 경상도 사이의 화개장터 등이 대표적인 주막거리예요.

주막은 밥과 술값만 받고 숙박비는 받지 않았어요.

조선 후기에는 상공업이 발달하면서 주막도 아주 번창했어요. 보부상 같은 상인들이 물건을 팔러 여러 지방을 다니게 되면서 주막을 찾는 손님이 많아졌기 때문이지요.

역에서 주막까지, 우리나라 숙박 시설의 역사는 참 오래되었군요. 그럼 오늘날의 숙박 시설도 살펴볼까요?

우리나라에 요즘과 비슷한 숙박 시설이 생긴 것은 일제강점기인 1880년대예요. 바로 여관이지요. 처음 생긴 여관들은 주로 일본 사람을 위한 것이어서 방의 구조가 일본식이었어요. 그 뒤로 침대를 들여놓은 서양식 여관이 생겨났고, 온돌방을 들인 한국식 여관은 맨 나중에 생겼어요.

오늘날에는 여관이나 호텔 외에도 민박, 콘도, 펜션, 유스호스텔, 리조트, 캠핑장 등 다양한 형태의 숙박 시설이 있어요. 이런 곳들은 주로 여행지에 가면 많이 볼 수 있답니다.

펜션은 가족 여행객이 많이 찾는 숙박 시설이에요.

한문을 가르치던 학교
서당

아이들은 장난을 치느라 여념이 없었어요. 훈장님 자리
에 앉아 '에헴' 하며 훈장님의 흉내를 내는 아이도 있고, 팽이를
돌리는 아이도 있었어요. 물구나무서는 아이가 있는가 하면, 책보
자기에 감춰 온 누룽지를 먹는 아이도 있었지요.
    "이놈들! 글을 읽고 있으라고 했더니 장난만 치고 있구나."
    어느새 훈장님이 와서 버럭 소리를 질렀어요.
    "안 되겠다. 모두 종아리를 걷어라. 냉큼!"

인자하기로 소문난 훈장님도 화가 나면 아이들의 종아리를 때리 곤 했어요.

"어서 종아리를 걷지 못할까!"

아이들은 서로 눈치를 보며 종아리를 걷었어요.

"네 녀석은 어제 배운 글을 몇 번이나 읽었느냐?"

훈장님이 맨 앞에 있는 샘골의 영재에게 물었어요.

"스무 번 읽었습니다."

영재가 다소곳이 대답하였어요.

"스무 번 읽었으면 이제 그 뜻을 알렷다. 그럼 어디 한번 외어 보도록 해라."

영재는 목소리를 가다듬고 어제 배운 글을 외우기 시작했어요.

"부생아신(父生我身)이요, 모국오신(母鞠吾身)이라. 복이회아 (腹以懷我)하고, 유이보아(乳以補我)니라."

영재가 글을 외우자 훈장님은 풀이를 해 보라고 했어요.

"아버지 날 낳으시고, 어머니 날 기르셨도다. 배로 나를 품으시 고, 젖으로 나를 먹이셨도다."

영재가 풀이를 하자 훈장님의 얼굴에 환한 웃음이 번졌어요.

"허, 그 녀석, 영특한지고. 모두 종아리 내리고 앉도록 해라."

아이들은 모두 '휴우' 한숨을 쉬고 자리에 앉았어요. 훈장님이 영재를 지목하지 않고 다른 아이를 시켰다면 아마 모두 종아리를 맞았을 거예요.

"앞으로는 장난들 치지 말고 글공부를 더욱 열심히 해야 하느니라. 알겠느냐?"

훈장님의 말씀에 서당 아이들 모두 큰소리로 "예, 훈장님." 하고
대답했어요.

"자, 그러면 오늘은 이걸 배우도록 하겠다. 지금부터 내가 쓰는
문장을 잘 보아라."

少年以老學難成　一寸光陰不可輕

훈장님은 종이 위에 '소년이로학난성 일촌광음불가경' 이라고
큼직하게 썼어요.

"자, 누가 이 글을 읽을 수 있겠느냐?"

하지만 아무도 손을 드는 아이가 없었어요.

"처음 배우는 글자를 모른다고 창피해할 것은 없다. 하지만 한
번 배운 것은 절대로 잊으면 안 되느니라. 자, 따라 하거라. 소년
이로학난성이니."

"소년이로학난성이니."

"일촌광음불가경이라."

"일촌광음불가경이라."

아이들은 훈장님을 따라 우렁차게 글을 읽었어요.

"자, 이 글은 송나라 때의 유명한 학자인 주자가 학문을 권하는 글에서 남기신 말씀이니라. 무슨 뜻인고 하면, 어린 사람은 늙기 쉬우나 학문을 이루기는 어려우니, 일 초의 시간도 헛되이 여기지 말라는 뜻이니라. 알겠느냐?"

아이들은 입을 모아 "예." 하고 대답했어요.

"그럼 이 글을 백 번씩 읽고 외우도록 하여라."

훈장님 말씀이 떨어지기 무섭게 아이들은 낭랑한 목소리로 배운 글을 읽기 시작했어요.

아이들은 처음 서당에 가면 제일 먼저 《사자소학》을 배워요. 《사자소학》은 훌륭한 사람이 되기 위해 갖추어야 할 행실과 마음가짐을 가르치는 내용이에요.

《사자소학》을 배운 지 한 달이 되자 진도가 빠른 아이들은 벌써 책씻이를 할 때가 되었어요. 그중에서 가장 빨리 《사자소학》을 뗀 아이는 물론 샘골의 영재였어요.

"어머니. 저 《사자소학》을 다 떼었어요."

영재는 어머니에게 자랑스레 말했어요. 그러자 어머니는 함박웃음을 지었어요.

"훈장님께서 그렇게 말씀하셨느냐?"

영재가 고개를 끄덕였어요.

"훈장님이 내일부터 《천자문》을 공부할 거라고 하셨어요."

어머니는 영재의 등을 두드려 주었어요.

"내일은 내가 떡을 해 가야겠구나. 공부 열심히 하여라. 그래야 하늘에 계신 아버님께서 기뻐하실 게다."

영재 아버지는 과거 공부를 하다가 몹쓸 병에 걸려 돌아가셨어요. 영재 아버지는 양반이기는 해도 몹시 가난해서 농사를 지어야 했어요. 그래서 낮에는 농사일을 하고, 밤에는 열심히 글을 읽었지요. 사람들은 모두 영재 아버지가 장원 급제할 거라고 말했어요. 그만큼 학문이 깊었으니까요. 하지만 안타깝게도 과거를 얼마 남겨 놓지 않고 그만 돌아가시고 만 거예요. 그래서 어머니는 영재에게 더 많은 기대를 하는 거지요.

다음 날이 되었어요. 다른 아이들은 아직 《사자소학》을 공부하고 있었지만, 영재는 혼자서 《천자문》을 공부하기 시작했어요.

"훈장님. 영재 도령 어머니가 떡을 한 말이나 해 오셨습니다요."

훈장님 댁 하인이 아이들 공부하는 방에 떡시루를 들여놓으며 말했어요.

"저런, 고마우셔라. 그런데 벌써 가셨느냐?"

"예. 떡시루만 내려놓고 바로 가셨습니다요."

떡시루를 본 아이들은 환호성을 질렀어요. 훈장님이 아이들을 조용히 시킨 다음 말했어요.

"너희도 영재처럼 하루빨리 책씻이를 할 수 있도록 열심히 공부하여라. 그리고 이 떡은 사이좋게 나누어 먹도록 하고."

영재는 제일 먼저 《사자소학》을 떼더니 《천자문》도 금방 떼었어요. 그리고 곧 《명심보감》과 《동몽선습》도 떼었지요. 영재 어머니는 책씻이하는 떡을 해 대느라 눈코 뜰 새 없이 바빴고요.

어느 날 훈장님이 영재를 불렀어요.

"이제 서당에 그만 나와도 좋다. 더는 배울 것이 없구나."

훈장님의 말에 영재가 깜짝 놀랐어요.

"훈장님, 저는 아직 공부가 부족해요. 더 배워야 합니다."

그러나 훈장님은 고개를 저으며 편지 한 통을 주었어요.

"네게 학문을 가르칠 선생을 소개할 터이니 이 편지를 가지고 찾아가거라. 어려서 나와 동문수학한 친구인데, 학문은 깊으나 뜻이 있어 벼슬길에 나가지 않고 평생 공부만 하면서 살아온 사람이니라. 거기 가서 더욱 열심히 공부하도록 해라."

그렇게 해서 영재는 훈장님이 써 준 편지를 가지고 새로운 선생님을 찾아 떠났답니다.

서당에서 학교까지

옛날에는 **서당**이라는 곳이 학교의 역할을 했어요. 서당에서는 '가, 나, 다, 라……' 하는 한글 대신 '하늘 천, 땅 지, 검을 현, 누를 황……' 하고 한문을 배웠지요. 그럼 훈장님이 기다리고 있는 서당으로 떠나 볼까요?

고구려 소수림왕 때인 372년, '태학'이라는 학교가 처음 생겼어요. 하지만 이곳은 귀족 자제들만 다닐 수 있었지요. 그래서 그 뒤 평민들도 공부할 수 있는 '경당'이 생겼어요. 서당은 이 경당을 이어받은 한문 교육 기관으로, 나라의 허락을 받지 않아도 누구나 세울 수 있었어요.

안동의 도산서당

서당에는 글공부를 처음 시작하는 아이들이 입학했는데, 여자아이는 입학할 수 없었어요. 입학이나 졸업을 하는 나이는 정해져 있지 않고, 주로 동짓날 입학해서 향교나 성균관 같은 상급 학교에 진학할 때가 되면 졸업했어요. 또 배운 것을 완전히 익혀야만 진도를 나갔기 때문에 배우는 사람마다 진도가 다 달랐지요.

옛날에는 한 번 배운 것은 백 번씩 읽어야 그 뜻을 안다고 하였어요. 그래서 서당 아이들은 '서산'이라는 기구를 접었다 폈다 하며 글 읽은 횟수를 표시하곤 했답니다.

서산

서당은 근대적인 학교가 생기면서 지금은 거의 없어졌어요. 그럼 오늘날과 같은 학교는 언제 생겨났을까요?

우리나라에 지금과 같은 학교가 생기기 시작한 것은 1800년대 말부터예요. 외국어를 가르치기 위해 세워진 '동문학'과 '육영공원'이 그 시작이지요. 그 뒤로 외국 선교사들이 학교를 많이 세웠는데, 1910년까지 기독교에서 세운 학교는 '숭실학당'을 비롯해 796개나 되었답니다.

지금처럼 초등학교 6년, 중학교 3년, 고등학교 3년, 대학교 4년의 '6 · 3 · 3 · 4제'가 자리 잡은 것은 1945년 이후의 일이에요. 오늘날은 유치원부터 초등학교, 중학교, 고등학교, 전문대학, 교육대학, 대학, 대학원 등 학교의 종류도 매우 다양해졌답니다.

서울 한복판에 있던 큰 시장
육의전

개성에서 으뜸가는 부자인 최 부자는 인삼 장사로 큰돈을 번 사람이에요. 최 부자의 아들 최고불도 아버지의 뒤를 이어 장사를 하기로 마음먹었어요.

"장사꾼이 되려면 많은 것을 보고 배워야 한다. 글공부를 잘하는 것도 중요하지만, 직접 세상 구경을 하면서 사람 사는 이치를 배워야 하느니라."

최 부자는 아들에게 그렇게 말하면서, 우선 한양에 가서 시장을 구경하고 오라고 했어요. 고불이는 아버지와 오랫동안 장사를 해서 경험이 많은 노박이 영감과 함께 한양 구경에 나섰어요.

한양은 생각했던 것보다 훨씬 더 으리으리한 곳이었어요.

"도련님, 앞으로 장삿길을 다니시려면 한 번 보고 들은 것은 절대로 잊지 않으셔야 합니다."

노박이는 고불이를 육의전으로 데려갔어요. 육의전은 한양에서 가장 큰 시장이지요.

"우와! 무슨 시장이 이렇게 커? 끝이 안 보이는걸."

고불이가 놀라서 입을 딱 벌렸어요.

"여기 오시면 떳다방을 조심하셔야 합니다. 저기 저 앞에 서 있는 사람들이 바로 떳다방이지요. 어찌나 말도 잘하고 흥정도 잘하는지, 순진한 사람이 저들에게 잡히면 무엇이든 사지 않고는 못 배깁니다."

‘떳다방’은 ‘여리꾼’이라고도 하는데, 물건을 사도록 바람을 잡고 흥정을 붙이는 사람을 말하지요.

　“자, 그럼 제가 지금부터 차근차근 설명해 드릴 테니, 도련님도 하나하나 잘 기억해 두셔야 합니다.”

　노박이는 육의전의 유래부터 설명하기 시작했어요.

　“지금 우리가 서 있는 곳이 종루(지금의 보신각 자리)입니다. 여기부터 저 동쪽으로 연화방(지금의 연건동 일대), 서쪽의 혜정교(지금의 광화문 우체국 동쪽), 남쪽의 훈도방(지금의 을지로 2가), 북쪽의 안국방(지금의 견지동 일대)까지를 가리켜 운종가라고 합니다. 이 운종가에 큰 전포가 여섯 개 있어서 육의전이라고 부르게 된 겁니다.”

　고불이가 노박이의 설명을 들으며 좌우를 둘러보았어요.

　“전포가 이렇게 많은데 겨우 여섯 개라니?”

　“하하하. 전포 수를 말하는 것이 아니라, 전포에서 파는 품목을 따서 그렇게 부른 것입지요.”

　“그럼 여섯 가지 품목만 판다는 말인가?”

"예, 그렇습니다. 육의전에서는 비단, 무명, 명주, 종이, 베, 생선 이렇게 여섯 가지 물건만 팔고 있습니다. 육의전 상인이 아닌 다른 시장 상인들은 이 물건들을 사고팔 수 없지요. 그리고 비단 한 품목만 해도 종류가 수십 가지이니 볼거리 걱정은 않으셔도 됩니다요. 그럼 우선 이쪽으로 와 보세요."

노박이는 고불이를 데리고 비단 가게가 있는 곳으로 갔어요.

"자, 여기를 보세요. 다들 비단만 팔고 있지 않습니까? 여기를 선전이라고 합니다. 비단 가게가 수십 개는 되지요."

선전의 비단들은 화려한 색과 무늬를 자랑하고 있었어요. 고불이는 줄지어 선 비단 가게 앞을 지나면서 저도 모르게 입을 쩍 벌리고 말았지요.

선전을 지나쳐 다음으로 노박이가 고불이를 데리고 간 곳은 면포전이었어요.

"자, 여길 보세요. 선전에서는 비단만 팔지만, 면포전에서는 무명만 팔지요. 전국에서 생산되는 무명들이 여기에 다 모여 있습니다요. 잘 보세요. 품질이 좋은 무명만 파는 전포도 있고, 싸구려 무명만 파는 전포도 있습니다."

노박이와 고불이는 면포전을 구경한 뒤, 면주전으로 향했어요.

"참, 도련님. 저길 보세요. 저기가 전옥서입니다. 나쁜 짓을 한 사람을 가두는 감옥이지요."

노박이의 말에 고불이가 어깨를 움찔거렸어요.

"쳇, 죄지은 것도 없는데 괜히 가슴이 떨리네."

고불이의 말에 노박이가 껄껄 웃었어요.

"면주전은 전옥서 앞길에 있는 바로 저 가게들입니다. 명주를 파는 곳이지요."

면주전을 지나니 비릿한 생선 냄새가 진동했어요.

"여기는 어물전입니다. 이곳은 내어물전이라 하여 주로 건어물을 팔지요. 서소문 밖에 있는 외어물전에서는 주로 펄떡펄떡 살아 있는 생선이나 간간한 자반 같은 것을 판답니다."

어물전을 지나서 간 곳은 지전이었어요. 지전에는 온갖 종류의 종이들이 가득 차 있었어요. 종이의 종류가 이렇게나 많은지 미처 몰랐던 고불이는 신기해서 어쩔 줄을 몰랐어요.

지전 옆에는 포전이 있었어요. 포전에서는 베를 팔았지요.

"아버님께서 이 포전을 잘 살펴보고 오라 하셨지요. 자, 들어가서 구경해 보세요."

노박이가 등을 떠밀자 고불이는 포전으로 들어섰어요.

"어서 옵쇼. 뭘 찾을깝쇼. 입맛대로 다 있습니다요. 자, 이건 올이 굵은 농포, 이건 곱고 가늘어서 세포, 애고애고 우리 아버지 이제 가면 언제 오시나 상복으로 쓰는 심의포, 함경도 육진에서 나오는 육진포, 강원도의 영춘포, 폭이 좁고 올이 굵은 조포, 길주 명천의 주세포, 안동포, 해남포, 왜놈들이 만든 왜포, 되놈들이 만든 당포, 뭐든지 다 있습지요. 뭘 드릴깝쇼?"

떳다방의 소리에 고불이는 정신이 하나도 없었어요. 하지만 고불이가 아무리 살펴보아도 거기에는 농포밖에 없었어요.

"여긴 농포밖에 안 보이는데, 그 많은 종류의 베가 도대체 어디에 있다는 말이오?"

그러자 죽 늘어서 있던 떳다방들이 깔깔 웃었어요.

"여기는 농포만 전문으로 취급하는 곳이고, 옆집은 세포, 그 옆집은 심의포, 그 옆집은 육진포, 뭐 그렇다는 말이외다. 하하하."

노박이도 밖에서 껄껄 웃었어요. 고불이는 놀림을 당한 것 같아 얼굴이 붉어졌지만, 괜히 한마디 더 했다가 또 망신을 당할까 봐 꾹 참고 밖으로 나왔어요.

그때 어느 포전의 시정이 깜짝 놀라 뛰어나왔어요. '시정'은 가게 주인을 가리키는 말이에요.

"아니, 개성의 노박이 어른 아니시오. 이제 장사는 그만두신 걸로 알았는데 여기는 웬일이시오?"

노박이도 그 시정을 보고는 깜짝 놀랐어요.

"자네, 시정이 되었군그래. 어떻게 된 일인가?"

"원래 이 전포는 아버지가 아들에게 물려주는 겁니다. 그런데 제가 모시던 어른한테 자제분이 없으셔서 제게 이걸 넘겨주신 거지요. 그렇지 않으면 제가 어찌 감히 시정 자리를 넘볼 수나 있겠습니까요."

"그리 되었군. 자네도 젊어서 고생이 많더니 이제 팔자가 피었네그려. 잘되었네, 잘되었어."

노박이가 시정의 손을 잡으며 축하해 주었어요. 시정은 힐끗 고불이를 쳐다보고 물었어요.

"그런데 같이 다니는 도령은 자제분이신가요?"

노박이가 미소를 지으며 고개를 저었어요.

"웬걸. 내가 모시는 최 부자님 자제분일세. 인사 올리게."

"아이구, 몰라 뵈었습니다. 최 부자님 자제분이시라니. 그래, 아버님은 건강하시지요? 제가 은혜를 많이 입었습니다만, 찾아뵙고 인사도 못 드렸군요."

고불이도 얼결에 고개를 숙여 인사했어요. 그때 시정이 떳다방들을 향해 소리를 질렀어요.

"이놈들! 개성 최 부자 댁 자제분께 농지거리를 하다니. 어서 사죄의 말씀 올리지 않고 뭣들 하는가."

그러자 떳다방들이 저마다 고개를 숙여 인사를 했어요.

"몰라 뵈었습니다요."

"도련님, 죄송합니다."

고불이는 떳다방들의 인사에 오히려 얼굴이 빨개졌답니다.

육의전에서 마트까지

옛날에는 물물교환이 이루어지는 곳을 시장이라고 했어요. 그러다가 화폐가 생기고, 가게가 생기면서 오늘날처럼 가게가 많이 모여 있는 시장이 생겨난 거지요. 그럼 그 옛날의 시장으로 함께 가 볼까요?

우리나라의 시장은 490년 신라 경주에 열린 '경사시'가 처음이라고 해요. 그 뒤 고려 시대를 거쳐 조선 태종 임금 때인 1410년에는 수도 한양에 '시전'이 본격적으로 생기기 시작했어요. 시전은 도시에 있는 시장을 말하는데, 매일매일 문을 여는 '상설시장'이었지요. 특히 한양 종로통에 있던 시전 중 가장 규모가 큰 시전이 바로 육의전이었어요.

사실 조선 초에는 상업을 권장하지 않았기 때문에 시장이 그리 발달하지 못했어요. 하지만 임진왜란 이후 상공업이 발달하면서 시장도 크게 발전했어요.

전남 구례 5일장

객주라고 불리는 큰 장사꾼도 등장했고, 전국 각지를 돌아다니며 물건을 파는 보부상도 많이 생겼지요. 또 사람들이 많이 모이는 곳에는 5일장, 10일장 같은 '정기시장'도 활발하게 열렸어요. 오늘날에도 시골에 가면 이런 정기시장을 만날 수 있답니다.

아하! 그럼 오늘날의 남대문 시장이나 동대문 시장은 상설 시장이라고 할 수 있겠네요. 오늘날에는 또 어떤 형태의 시장이 있을까요?

옛날부터 있어 온 시장을 '재래시장'이라고 해요. 우리 주변에는 동네 작은 시장에서부터 가락동 농수산물 시장, 노량진 수산 시장, 한약재를 주로 파는 경동 시장까지 다양한 재래시장이 있어요.

그런데 요즘은 재래시장이 점점 줄어들고 있다고 해요. 사람들이 깨끗하고 편리한 '현대식 시장'을 더 좋아하기 때문이지요.

현대식 시장으로는 백화점이나 마트가 있어요. 백화점은 무슨 물건이든 필요한 것은 다 갖추어져 있다는 뜻이에요. 우리나라에서는 1931년 종로에 생긴 화신 백화점이 최초의 백화점이지요. 마트(창고형 할인점)는 시대의 변화에 따라 최근에 등장한 시장이에요. 마트에서는 다양한 물건들을 한 자리에서 비교적 싼값에 살 수 있답니다.

현대식 시장인 마트

뛰어난 학자들이 모인 연구 기관

규장각

가을바람이 솔솔 부는 어느 날이었어요. 규장각에 네 명의 검서관들이 한자리에 모여 앉아 이야기를 나누고 있었어요. 검서관은 규장각에서 실무를 담당하는 벼슬인데, 학문이 높아야지 오를 수 있는 자리였지요.

"우리는 규장각 선배들인 박제가, 유득공, 이덕무, 서이수 어른을 본받아야 하오. 그래야 사람들이 우리를 서자라고 깔보지 않을 것이오."

이 검서관이 말했어요. 서자는 첩이 낳은 아들인데, 그 당시 엄격한 신분 제도 때문에 이런저런 차별을 많이 받았지요.

"맞아요. 그분들은 모두 정조 임금 때의 검서관이셨지요. 검서관으로만이 아니라 학문과 덕망이 높아 후배들의 본보기가 되는 분들 아니겠소?"

채 검사관도 맞장구를 쳤어요.

"우리가 하는 일이 동서고금의 책을 연구하고 정리하는 일이니, 학문에 부족함이 있어서는 아니 되겠지요. 선배들이 자리를 잡아 놓은 규장각의 틀을 굳건히 지키면서 공부도 게을리하지 않아야 그분들처럼 후대에 존경받을 수 있을 것입니다."

언제나 책을 옆구리에 끼고 다니는 것으로 유명한 김 검서관이 말했어요.

"그런데 규장각이 처음 생겼을 때는 만든 목적이 지금과는 달랐다면서요?"

제일 막내 격인 정 검서관이 궁금하다는 표정으로 물었어요.

"다르다니요? 그럼 처음에는 왕실 도서관이 아니었나요?"

채 검서관은 모르겠다는 표정을 지었어요. 그러자 이 검서관이 웃으며 말했어요.

"규장각을 처음 만드신 정조 임금은 학문을 매우 좋아하셨어요. 그래서 책을 정리하고 보관하며 책을 펴내는 사업을 할 수 있는

관청이 필요하다고 생각하셨지요. 게다가 그때에는 왕의 외가가 나라를 어지럽히고 있을 때였답니다. 그래서 정조 임금은 학문을 통해 정치를 바르게 하고자 이 규장각을 세우셨다 합니다."

김 검서관이 말했어요.

"정조 임금 전에도 세조 임금이 규장각을 세우신 적이 있다지요? 아쉽게도 오래가지는 못했지만……."

그 말을 들은 이 검서관이 맞다는 듯 고개를 끄덕였어요.

이번에는 채 검서관이 물었어요.

"그러면 정조 임금 때는 규장각이 정치의 중심이 되었나요?"

"그랬지요. 하지만 잠시뿐이었어요. 외척이 나라를 어지럽혔기 때문에 외척들의 힘을 약하게 하려고 상대적으로 규장각의 힘을 키워 준 셈이라고나 할까요?"

이 검서관의 대답에 김 검서관이 다시 설명을 보탰어요.

"우리 규장각이 정치를 해서는 안 되지요. 우리 본연의 임무가 있지 않습니까? 나라 안팎의 책을 모아 잘 정리하고, 여러 가지 학술 사업을 통해 이 나라의 학문을 발전시키는 임무 말이오."

김 검서관의 말에 모두 고개를 끄덕였어요. 김 검서관이 계속 말을 이었어요.

"다들 보셨겠지만, 《규장각지》에 우리 규장각의 임무가 무엇인지 잘 나와 있소이다. 학문을 부흥시키는 사업과 함께 역대의 임금을 모시는 의식도 게을리해서는 안 될 것이오."

김 검서관의 이야기를 듣고, 정 검서관은 고개를 끄덕였어요. 《규장각지》는 규장각의 임무와 제도를 기록한 책이지요.

"맞습니다. 그리고 보니 규장각 검서관으로서 우리의 임무가 여간 막중한 것이 아니군요. 매일 쓰는 일지도 성실하게 기록해야 하겠습니다. 후대에 역사적인 자료로 남을 수 있으니까요."

"《규장자수》에 나온 활자 목록을 잘 이해하면 더 보기 좋은 책을 펴낼 수 있을 것이오. 책을 간행하는 일은 활자 없이는 불가능하니, 활자 만드는 일에도 심혈을 기울여야 할 것이오."

《규장자수》는 규장각에서 만든 활자에 관해 기록한 책이에요.

"자, 오늘은 이만 집에 돌아갑시다. 너무 늦었어요."

검서관들은 각자 집으로 돌아가기 위해 규장각 문을 나섰어요.

그런데 채 검서관이 규장각 문을 막 나설 때였어요. 오랜 친구 한 명이 채 검서관을 찾아왔지요.

"이보게, 채 검서관. 부탁이 있어서 왔네."

친구가 심각한 얼굴로 말했어요.

"무슨 부탁인데 그리도 심각한가?"

"자네 검서관 임기가 몇 달 안 남았지?"

"흠. 임기가 삼십 개월이니까 이제 석 달 남았군그래. 그런데 갑자기 그건 왜 묻나?"

"그래서 말인데, 그 후임으로 나를 추천해 주시게. 부탁이네."

그러자 채 검서관이 딱하다는 표정으로 친구를 바라보았어요.

"이보게나. 검서관이라는 자리가 감히 나 따위의 추천으로 앉을 수 있는 자리인가?"

사실 검서관은 높은 직위는 아니었지만 임금의 총애를 받는 자리라서 누구나 탐내는 벼슬이었어요. 게다가 처음 규장각을 만들 때 정조 임금은 서자 출신 가운데 학문이 뛰어난 사람을 검서관으로 등용했기 때문에, 서자 출신들은 검서관이 되는 것이 소원이었어요. 정조 임금 때 검서관으로 이름을 떨친 박제가, 이덕무, 유득공, 서이수 등도 모두 서자 출신이었어요. 물론 지금 검서관들도 모두 서자 출신이었고, 채 검서관의 친구도 서자였지요.

"그럼 누가 추천하면 검서관이 될 수 있나?"

"직제학 영감 이상의 추천을 받은 다음, 시험을 치러서 뽑기로 되어 있네."

직제학은 정삼품 이상의 높은 관료예요. 그 말에 친구는 실망하
는 표정이 뚜렷했어요.

"그러면 나는 안 되겠군. 휴."

친구가 기운 빠진 얼굴로 한숨을 내쉬자, 채 검서관도 딱한 생각
이 들었어요.

"자네 그동안 공부는 열심히 했는가?"

"사실은 공부도 못했네. 그저 내 신세가 한스러워서 술로 세월을 보냈다네."

"그러지 말고 지금이라도 마음을 잡고 열심히 공부하게. 벼슬이 대수인가. 수양을 쌓는 것이 공부 아니겠나."

친구는 채 검서관의 말을 듣는 둥 마는 둥 하고 돌아갔어요.

그러던 어느 날 임금이 검서관들을 불렀어요.

"그대들이 규장각의 체계를 잡느라 분주하다는 소식을 들었소. 부디 이 땅의 학문을 발전시키기 위해 더 많은 노력을 기울여 주기 바라오."

"성은이 망극하옵니다."

임금의 말에 검서관들은 모두 머리를 조아리며 합창하듯 한목소리로 대답했어요.

"자고로 학문이 번성하는 나라는 절대 망하지 않는 법이오. 부디 백성들에게 유익한 서적을 많이 발간하여 이 나라를 부흥시켜 주기 바라오."

임금에게 칭찬을 받은 검서관들은 더 열심히 일했답니다.

규장각에서 도서관까지

우리나라는 고구려 때부터 도서관이 있었어요. 하지만 책을 정리하고 보관하기는 해도, 마음대로 빌릴 수는 없었어요. 대부분 왕실 도서관이었기 때문이지요. 그럼 조선 시대 대표적인 도서관, 규장각으로 함께 가 볼까요?

　조선 시대에는 '장서각', '등영각', '규장각'을 비롯해 '춘추관', '오대산 사고', '전주 사고' 등 여러 개의 도서관이 있었어요. 그 중 규장각은 조선 정조 임금 때인 1776년에 설치한 왕실 도서관이에요.

　규장각에서는 우리나라와 중국에서 간행한 책은 물론, 역대 임금들이 직접 쓴 글씨나 그림 같은 것을 보관했어요. 또 책을 인쇄하기 위한 활자를 만들기도 하고, 책을 직접 펴내기도 했지요.

창덕궁 후원의 내규장각

1층은 규장각,
2층은 주합루랍니다.

1782년 강화도에 외규장각이 세워진 뒤 창덕궁 후원에 있는 원래의 규장각을 내규장각이라고 부르고, 서적을 이 두 곳에 나누어 보관하도록 했어요. 그런데 1866년 병인양요 때, 프랑스가 외규장각 도서들을 약탈해 갔어요. 다행히 2011년 우리의 품으로 돌아오기는 했지만, 완전히 우리나라 소유가 된 것은 아니어서 아쉬움을 남겼지요.

다시는 그런 일이 없도록 소중한 우리 문화유산을 더 잘 보관해야겠어요. 그럼 오늘날의 도서관도 가 볼까요?

도서관은 누가 만들었느냐에 따라 국립 도서관, 공립 도서관, 사립 도서관으로 나뉘어요. 또 만든 목적에 따라 국립 중앙 도서관, 공공 도서관, 대학 도서관, 학교 도서관, 전문 도서관, 특수 도서관 등으로 나뉘지요.

우리나라는 도서관이 무척 부족한 실정이에요. '책을 읽는 국민이 많은 나라는 망하지 않는다.'라는 말이 있듯이 국민 누구나 마음껏 책을 읽을 수 있도록 더 많은 도서관을 세워야겠어요.

순천 기적의 도서관

세금을 거두던 오늘날의 국세청

선혜청

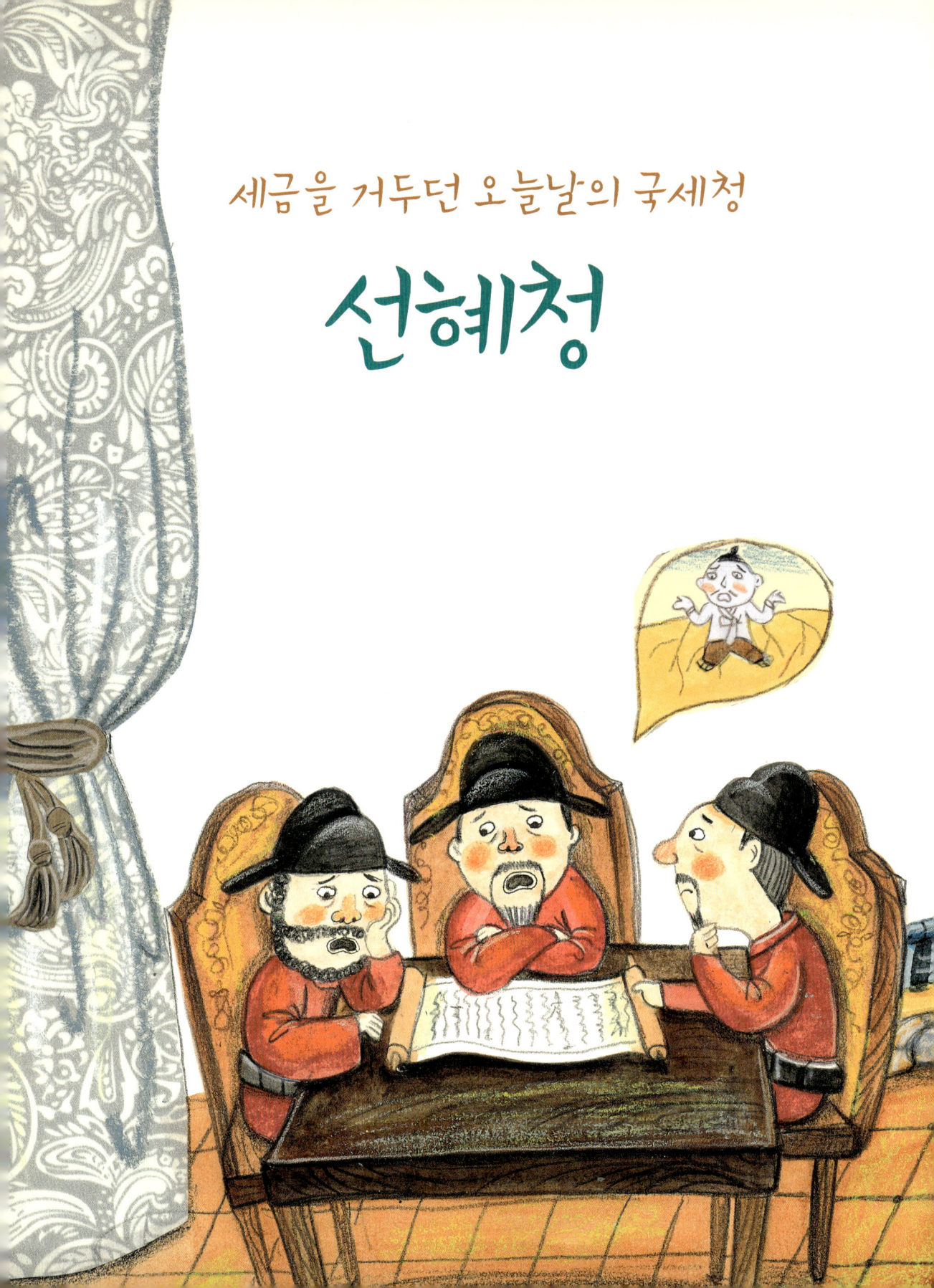

"큰일입니다. 삼 년째 흉년이 들어 나라 살림이 말이 아니에요."

영의정이 좌의정, 우의정과 함께 회의를 열었어요.

"선혜청에서는 어떤 대책을 세우고 있답니까?"

선혜청은 조선 시대 나라의 살림을 맡아 보던 관청이에요.

좌의정은 걱정스러운 얼굴로 대답했어요.

"제가 듣기로는 어세와 염세는 별문제가 없다고 들었습니다만, 그게 얼마 되지를 않아서……."

'어세'는 물고기를 잡는 어부들이 내는 세금이에요. '염세'는 소금을 생산하는 염전에서 내는 세금이고요.

"먼저 각 고을에 사람을 보내 남은 곡식이 얼마나 있는지 알아봅시다. 세금만 많이 걷으라고 독촉할 것이 아니라, 우선 백성들의 형편이 어떤지 알아보는 게 도리일 것이오."

정승들이 그런 얘기를 하는 동안 선혜청에서도 회의가 열렸어요. 호조 판서가 걱정스러운 낯빛으로 말했어요.

"강원도에서 오던 대동미가 산적들에게 털렸다지요. 다른 지방은 어떻습니까?"

그러자 다른 사람이 얼른 대답했어요.

"충청도 지방은 흉년이 너무 심해서 세금을 걷을 수 없다는 소식입니다. 그리고 전라도는 대동미를 배에 싣기는 하였으나 해적들이 무서워 감히 출발하지 못하고 있다고 합니다."

호조 판서가 딱하다는 듯 인상을 찌푸렸어요. '대동미'는 세금으로 나라에 바치는 곡식을 가리키는 말이에요.

"흉년이 드니 온통 도적들의 세상이 되었군그래. 감히 나라에 바치는 대동미를 욕심내다니……. 혹시 지방 수령들의 횡포는 없다고 합디까?"

"글쎄요. 아직 그런 얘기는 없습니다만, 영의정 대감이 임금님께 말씀드려서 암행어사를 파견했다고 합니다. 각 고을 백성들의 형편을 알아보고, 고을의 수령들이 백성들의 재산을 함부로 빼앗는 일이 없는지 알아 오라고 하셨답니다."

"세금을 일부러 안 내는 고을도 있을지 모르겠군요. 흉년이라는 핑계로 말입니다."

"암행어사가 돌아오면 알 수 있겠지요."

"어쨌든 큰일입니다. 나라 창고가 텅 비다시피 했어요. 하루빨리 대책을 세워야 합니다."

"글쎄 무슨 대책을 세운단 말입니까? 암행어사를 기다리는 수밖에요. 각 고을의 형편을 알아야 대책을 세워도 세우지요."

조정에서 이렇게 회의를 하고 있을 때, 남루한 옷차림을 한 선비가 충청도의 어느 고을을 지나고 있었어요.

"나리, 제발 그 소만은 안 됩니다. 우리 재산이라고는 그 소밖에 없습니다. 그 소마저 끌어가시면 우리는 굶어 죽고 맙니다."

선비는 말소리가 들리는 집 쪽으로 걸음을 옮겼어요 그곳에서는 고을의 이방이 군졸들을 끌고 다니며 백성들의 재산을 닥치는 대로 빼앗아 가고 있는 중이었어요.

"나라에 세금을 내야 하는데 네놈이 세금을 내지 않으니 소라도 바쳐야 하지 않겠느냐. 어서 내놓아라. 임금님 명령이시다."

그러자 소를 빼앗긴 백성은 그만 그 자리에 털썩 주저앉고 말았어요. 그리고 목 놓아 울기 시작했지요.

"엉엉! 임금님도 너무하시지. 당장 먹고살 것도 없는데, 소까지 끌어가다니 정말 너무하십니다요."

남루한 차림의 선비는 그 모습을 노려보듯 하다가 이웃 고을로 무거운 걸음을 옮겼어요. 그런데 한참 가다 보니 큰 마당에 고을 사람들이 잔뜩 모여 있는 게 아니겠어요?

'여기는 웬 사람들이 이렇게 많이 모여 있을까?'

선비는 고개를 갸웃했어요. 그리고 무슨 일인지 알아보려고 사람들 사이를 비집고 들어가 보았어요.

"자, 양심껏 말해라. 식구 수대로 곡식을 타 가야 한다. 집에 먹을 것이 남아 있는 사람은 다른 사람에게 양보하고, 정말 먹을 것이 없는 사람들만 식구 수를 말하고 곡식을 타 가거라."

선비는 이상해서 옆 사람에게 물었어요.

"도대체 누가 곡식을 나누어 주는 겁니까?"

옆 사람은 신이 나서 말했어요.

"이 고을의 부자들이 사또와 함께 곡식을 내놓은 거라오."

"곡식을 내놓아요?"

"그렇소. 사또는 나라에 세금으로 바치려고 작년에 걷었던 곡식을 내놓고, 부자들은 각자 자기 집 곳간에서 저렇게 곡식을 내놓아 가난한 사람들에게 나누어 주는 거라오."

"그럼 사또는 나라에 세금을 바치지 않을 생각이란 말이오?"

"사또께서 말씀하시기를, 백성들이 먹고살 것이 없으니 먼저 백성들을 먹인 다음에 세금을 내겠다고 나라에 말씀하셨답니다."

선비는 고개를 끄덕이며 흐뭇한 미소를 지었어요. 선비는 그렇게 충청도의 각 고을을 모두 돌아보고 한양으로 돌아왔어요. 이 선비는 바로 암행어사였지요.

각 도에 파견했던 암행어사가 모두 돌아오자 나라에서는 다시

사람들을 각 고을로 보냈어요. 그래서 세금을 안 내고 백성들에게
곡식을 나누어 준 수령에게는 큰 상을 내렸어요. 반대로 세금도
안 내면서 백성들의 재산을 빼앗은 수령들은 재산을 모두 빼앗고
당장 귀양을 보냈어요. 백성들의 재산은 돌려주었고요. 또 흉년이
들지도 않았는데 흉년을 핑계로 세금을 내지 않은 고을에는 강제
로 세금을 내게 했어요.

"나라가 이토록 어려운데 세금을 떼어먹으려 하다니요."

"그러게 말입니다."

선혜청에 모인 영의정과 관리들은 저마다 혀를 차며 고을
수령들의 횡포에 치를 떨었어요.

"자, 다시 한번 점검해 봅시다. 강원도에서 나라에 바치려던 대동미가 산적에게 털렸다는 것도 사실이 아니라지요?"

"그렇습니다. 운반하던 군사들끼리 짜고 산적에게 털렸다고 거짓말을 했다는 사실이 밝혀졌습니다. 그자들은 모두 잡아들였고, 그들이 훔쳐 간 대동미도 모두 되찾아 왔습니다."

"충청도는 어떻소?"

"충청도는 워낙 가뭄이 심해 세금을 거의 걷지 못했습니다. 올해는 충청도에서 세금을 거두기가 쉽지 않을 듯합니다. 세금으로 걷었던 곡식을 백성들에게 돌려준 수령도 있습니다. 그리고 백성들을 괴롭힌 수령들의 재산을 세금 대신 빼앗아 왔으나, 그리 많지는 않습니다."

"전라도는 대동미를 뱃길로 옮겨야 하는데 해적들의 횡포가 심하다고요?"

"예. 그래서 먼저 해적을 소탕하게 한 다음 세곡선을 보내도록 하였습니다."

'세곡선'은 세금으로 바칠 대동미를 운반하는 배를 말해요.

"경상도는 어떻던가요?"

"경상도 일부 지방은 가뭄이 심해 세금을 걷기 어렵지만, 대부분의 고을은 모두 세금을 보내왔습니다."

"그거 잘됐군요. 어쨌든 나라의 세금을 떼어먹거나 훔쳐 가는 자들은 앞으로도 엄한 벌로 다스려야 할 것이오. 그리고 백성들의 형편을 잘 헤아려서 백성들이 더는 세금 때문에 억울한 피해를 당하지 않도록 하시오."

선혜청에서 국세청까지

용돈기입장을 써 본 적이 있나요? 아니면 부모님이 가계부 적는 것을 본 적은요? 개인과 가정에서 이렇게 살림살이를 챙기는 것처럼, 나라에도 살림살이를 맡아 보는 관청이 있답니다. 그럼 **선혜청**으로 먼저 떠나 볼까요?

선혜청은 조선 시대 나라의 살림을 맡아 보던 관청이에요. 대동법 시행에 따라 광해군 때인 1608년에 처음으로 설치되었어요.

대동법은 모든 세금을 쌀과 베, 돈으로 통일하여 받는 조세 제도예요. 조선 시대 관리 김육의 끈질긴 주장으로 시행되었지요.

선혜청은 서울에 본청인 선혜청을 두고 함경도와 평안도를 제외한 6개 도에 경기청, 강원청, 호서청, 호남청, 영남청, 해서청 등 지청을 두고 세금을 관리했어요.

김육

湖西大同事目

《대동 사목》은 대동법의 자세한 규칙을 적은 김육의 책이랍니다.

또 선혜청 아래에 물가를 조절하는 '상평청', 가난한 백성을 구제하는 '진휼청', 군대에 가는 대신 내던 군관포를 걷던 '균역청' 등의 관청을 두어 나라와 백성들의 살림을 돌보았답니다.

선혜청은 1894년 갑오개혁 때 조세 제도가 바뀌면서 없어졌어요. 오늘날에는 대신 **국세청**이 있지요.

국세청은 나라에 내는 세금, 즉 국세를 정하고 걷는 일을 해요. 우리나라의 국세청은 1966년에 생겼어요. 그 전에는 '사세청'이라고 불렀지요.

서울, 대전, 광주, 대구, 부산 등에는 지방 국세청이 있어요. 지방 국세청 밑에는 국민에게 직접 세금을 매기고 걷는 세무서가 있고요.

한 나라의 국민이라면 누구나 나라에 세금을 내게 되어 있답니다. 그래서 세금을 내지 않는 사람은 법에 따라 벌을 받게 되어 있어요. 물론 국세청에서는 돈이 많은 사람에게는 많은 돈을 내게 하고, 돈이 적은 사람에게는 세금을 적게 물리고 있어요.

모든 국민은 납세의 의무가 있어요.

국세청

가난한 사람들을 위한 병원
혜민서

복돌이는 몹시 가난한 집 아이예요. 하지만 아주 씩씩하
고 용감한 아이랍니다. 그래서 마을 아이들은 모두 복돌이를 좋아
해요. 아침만 먹으면 너 나 할 것 없이 복돌이네 마당으로 모여요.
함께 놀려고요.

"복돌아. 밥 먹었니?"

"응, 먹었어."

복돌이는 배가 고팠지만, 꾹 참고 거짓말을 했어요. 사실 아침도
못 먹었지만 집에 먹을 것이 없다고 말하기가 싫었기 때문이지요.
복돌이는 하나둘 모여든 아이들을 데리고 냇가로 갔어요.

냇가에서 신 나게 놀고 있는데, 갑자기 영태가 쪼그리고 앉아 울기 시작했어요.

"영태야, 왜 그래?"

"아이고 배야, 아이고 배야."

영태는 배를 움켜쥐고 데굴데굴 구르며 울었어요. 아이들은 어찌할 바를 몰라 쩔쩔맸어요.

"안 되겠다. 영태를 빨리 집에 데려다 주어야겠어."

복돌이는 영태를 업고 영태 집으로 달려갔어요. 아침을 못 먹어 현기증이 났지만, 이를 악물고 달렸지요.

"영태 어머니! 영태가 배가 아프대요."

"뭐라고? 영태야, 정신 차려라. 어디가 아프니?"

영태는 너무 아파서 말도 못하고 배를 움켜쥔 채 울기만 했어요.

"안 되겠군. 의원을 불러와야겠어."

영태 아버지는 한달음에 달려가 의원을 불러왔어요. 복돌이와 친구들은 자기들이 잘못한 것처럼 눈치를 살피며 영태가 어서 낫기만을 빌었어요.

"흠……. 배탈이 난 모양이오. 너무 많이 먹어서 그러니 애한테 적당히 먹이도록 하시오."

의원은 영태 어머니를 나무라듯 그렇게 말하고는 침을 한 대 놓아 주었어요. 침을 맞은 영태는 잠이 들었지요. 복돌이와 아이들은 영태가 잠든 모습을 보고 모두 집으로 돌아갔어요.

복돌이도 집으로 돌아왔지만, 집에는 아무도 없었어요. 아버지는 나무를 팔러 장에 갔고, 어머니는 김 진사 댁 잔치를 도와주러 갔기 때문이지요.

복돌이는 툇마루에 벌렁 누워 생각했어요.

'영태는 정말 좋겠다. 배탈이 나서 아파도 좋으니, 맛있는 음식을 실컷 먹어나 보았으면 얼마나 좋을까……'

그런 생각을 하자 뱃속에서 꼬르륵꼬르륵 밥을 달라고 아우성을 쳤어요. 복돌이는 스르르 잠이 들고 말았지요.

복돌이가 잠이 든 사이 어느덧 밤이 되었어요. 복돌이 어머니는 잔칫집에서 맛있는 음식을 싸 들고 집으로 돌아왔어요.

"이런, 잠이 들었구나. 복돌아, 일어나. 엄마가 맛있는 음식을 많이 얻어 왔단다."

어머니는 복돌이를 흔들어 깨웠어요.

"애, 복돌아. 어서 일어나. 빨리 일어나서 이것 좀 먹어 봐."

하지만 복돌이는 눈도 뜨지 않고, 일어나지도 않았어요.

복돌이 어머니는 덜컥 겁이 났어요.

"너 어디 아픈 거니? 복돌아, 복돌아."

어머니 혼자서 쩔쩔매고 있을 때 아버지가 기분 좋은 얼굴로 들어서다가 깜짝 놀랐어요.

"도대체 무슨 일이오. 복돌이한테 무슨 일이 생긴 거요?"

"제가 돌아와 보니 복돌이가 잠이 들어서 깨어나지를 않아요. 여보, 어서 의원을 불러야겠어요."

그러나 아버지는 한숨만 쉴 뿐, 의원 부르러 갈 생각을 하지 않았어요.

"여보, 어서 의원을 불러오세요. 우리 복돌이한테 무슨 일이라도 생기면 어떻게 해요."

"의원을 부르려면 돈이 있어야 하는데……."

혼잣말을 하며 한숨을 쉬던 아버지가 무슨 생각이 났는지 벌떡 일어났어요.

"그래, 맞아. 혜민서로 가면 되겠군. 어서 갑시다. 자, 복돌이를 나한테 업히시오."

'혜민서'는 가난한 백성들의 병 치료를 맡아 보던 관청이에요. 또 청심환 같은 구급약을 만들어 팔기도 하였지요.

어머니는 복돌이를 아버지 등에 업혀 주었어요. 하지만 혜민서가 어떤 곳인지 모르는 어머니는 고개만 갸웃거렸지요.

"여보, 혜민서라니요? 거기가 뭐 하는 곳인데 복돌이를 그리로 데려간단 말이에요?"

그러나 아버지는 벌써 저만큼 달려가고 있었어요.

"어서 따라오기나 하시오. 가 보면 알게요."

어머니는 영문도 모르고 아버지 뒤를 따라 뛰었어요. 장터를 지나 한참을 달리자 드디어 혜민서가 나타났어요. 아버지는 혜민서 안으로 뛰어들어갔어요.

"우리 복돌이 좀 살려 주세요. 어서요."

아버지는 아무나 붙잡고 그렇게 말했어요. 그러자 의녀 한 명이 나오더니 복돌이를 안고 대청으로 올라갔어요.

"의원님, 환자가 왔습니다."

의녀가 차분한 목소리로 고하자 큰방에서 인심 좋게 생긴 할아버지 한 명이 나왔어요.

"어디 보자. 음……."

의원은 복돌이의 눈을 까뒤집어 보고 맥을 짚어 보더니 침을 한 대 놓아 주었어요. 그리고 아버지에게 말했어요.

"자네가 이 애 아비인가?"

아버지가 머리를 조아리며 고개를 끄덕였어요.

"그렇습니다요, 의원님. 우리 복돌이가 몹쓸 병에 걸린 것은 아니겠지요?"

의원은 고개를 저으며 부드러운 목소리로 말했어요.

"먹고 살기가 어려운 모양이군. 무슨 일을 하나?"

"그저 나무를 해다 팔아먹고 겨우겨우 삽니다만, 굶을 때가 더 많습니다요."

"굶주려서 생긴 병일세. 잘 먹으면 나을 병이야."

의원은 그렇게 말하더니 의녀에게 미음을 끓여 오라고 했어요. 잠시 후 복돌이가 깨어나자 의원은 복돌이에게 미음을 먹였어요.

"애야, 정신이 좀 드느냐?"

복돌이는 어리둥절한 표정으로 미음을 받아먹다가, 어머니와 아버지가 옆에 있는 것을 알고는 미소를 지었어요.

"자, 이제 데려가게. 그리고 절대로 아이를 굶기지 말게나."
아버지는 의원에게 몇 번이나 고맙다는 인사를 하고는 복돌이를
업고 집으로 돌아왔어요. 집으로 오면서 아버지는 더 열심히 일해
야겠다고 굳게 다짐했답니다.

혜민서에서 보건소까지

병원은 아픈 사람을 진찰하고 치료하는 곳이에요. 조선 시대 병원으로는 내의원, 전의감, 혜민서가 있었어요. 이 세 곳을 삼의사라고 했지요. 그럼 그 옛날의 병원은 어떤 모습이었을까요?

내의원은 왕과 왕족을 치료하는 왕실 병원이에요. 또 궁궐에서 쓰는 약을 만들기도 했지요. 전의감은 벼슬아치나 그 집안사람들을 치료하는 고급 병원이에요. 의원과 의녀들의 교육을 담당하기도 했고요. 전의감은 치료비가 비싸 양반들만 이용할 수 있었어요.

광혜원은 1885년 세워진 근대식 병원이에요. 나중에 제중원으로 이름이 바뀌었지요.

복원된 광혜원의 모습

그에 반해 혜민서는 가난한 백성들도 치료받을 수 있던 병원이었어요. 또 백성들에게 청심환, 소합환 같은 구급약을 만들어 팔기도 하였고요.

그 밖의 조선 시대 의료 기관으로 제생원이 있었어요. 제생원은 가난한 환자를 치료하고 빈민이나 떠돌이, 고아 등을 돕는 사업을 했지요. 제생원은 1397년 설치되었다가 1460년 혜민서로 통합되었어요.

혜민서는 오늘날의 병원이나 보건소 같은 곳이었어요. 그럼 오늘날의 의료 기관에 대해 좀 더 알아보도록 해요.

오늘날의 병원에는 소아과, 내과, 외과, 산부인과, 치과, 정신과, 피부과, 성형외과 등이 있어요. 규모가 큰 종합 병원에는 이런 병원들은 물론 마취과, 방사선과까지 모두 갖추고 있지요. 요즘에는 암 전문 병원, 노인 전문 병원 같은 특수 전문 병원도 있어요.

병원과 비슷한 의료 기관으로 보건소가 있어요. 우리나라에는 1946년 서울에서 처음 문을 열었지요. 오늘날 보건소에서는 주로 전염병 관리, 모자 보건, 결핵 관리, 금연 치료 등의 사업을 한답니다.

보건소에서는 노인들에게 무료로 독감 예방 접종을 해 주지요.

오늘날의 은행 겸 도매상

환전 객주

경주에 최만석이라는 객주가 살고 있었어요. 객주는 상인의 물건을 대신 팔아 주거나, 상인들이 장사하는 것을 도와주는 사람이지요.

최만석의 집에는 늘 장사꾼들이 들끓었어요. 장사꾼들이 묵는 방만 해도 스무 개가 넘고, 부리는 하인도 수십 명이나 되었지요.

"누구든 우리 집에 오는 사람은 잘 대접하거라. 사람을 위해야 장사도 잘되는 법이거든."

최만석은 아랫사람들에게 언제나 이렇게 말했어요. 그래서 아랫사람들도 최만석의 집에 찾아오는 장사꾼들을 언제나 친절하게 대했어요. 최만석의 집에서 물건을 떼어 가는 장사꾼들은 모두 최만석의 인심이 후하다고 칭찬했지요.

어느 날 선비 하나가 최만석의 집을 찾아왔어요. 갓은 썼지만 행색은 아주 보잘것없는, 거지나 다름없는 사람이었어요.

"어떻게 찾아오셨나요?"

집사가 선비에게 물었어요. 집사는 집안일을 돌보는 사람으로, 주인은 가족만큼 가깝고 믿을 만한 사람에게 집사를 맡기지요.

"최 객주를 만나 보러 왔소."

"무슨 일 때문에 오셨는지……."

"돈 좀 빌리러 왔소."

거지 차림의 선비는 당당하게 말했어요. 집사는 의아해하며 다시 정중하게 물었어요.

"돈을 빌리신다면 무슨 담보가 될 만한 것이라도 있어야 하는데요. 혹 집문서나 땅문서라도 있으신지요?"

그러자 선비가 버럭 화를 냈어요.

"내가 그런 게 있다면 여기까지 돈을 빌리러 왔겠소? 최 객주가 신용만으로도 돈을 잘 빌려준다기에 왔으니, 어서 최 객주를 만나게 해 주시오."

그때 최만석이 사랑방에서 나오다가 이 광경을 보았어요.

"무슨 일인데 이리도 소란한가?"

그 말에 집사가 머리를 조아리며 말했어요.

"이 선비께서 돈을 빌리시겠다고……."

"그럼 어서 안으로 모셔야지. 자, 이리로 들어오시오."

최만석은 선비의 남루한 행색은 아랑곳하지 않고 사랑방으로 들어오게 했어요.

"자, 용건을 말씀하시지요. 보아하니 점잖으신 선비님 같은데, 저 같은 장사꾼에게 무슨 볼일이 있으신가요?"

최만석의 말에 선비가 '에헴' 하고 헛기침을 한 번 하고 나서 말했어요.

"나는 지금까지 글공부만 하고 살아온 사람이오. 평생 공부만 하다 보니 집안 꼴이 말이 아니구려. 그래서 이제부터 장사를 해서 돈을 벌어 볼 생각이오."

선비의 말에 최만석이 혀를 쯧쯧 찼어요.

"선비께서 장사를 하시다니요. 장사는 저희처럼 천한 것들이나 하는 것이지요."

최만석의 말에 선비가 고개를 저었어요.

"나도 그렇게 생각하고 평생을 살아왔소. 그러나 당장 먹을 것이 없는데 공부는 해서 어디에 쓰겠소. 공부를 하려 해도 먹고살 것이 있어야 하지 않겠소. 부끄럽게도 지금까지는 장사하는 사람들을 업신여겼는데, 그 생각부터 당장 버리기로 했소."

선비의 말을 들은 최만석의 얼굴에 흐뭇한 웃음이 떠올랐어요. 왜냐하면 콧대 높은 양반들은 장사꾼을 업신여겼기 때문에 그동안 자존심이 많이 상했거든요.

"그래, 무슨 장사를 할 생각이신가요?"

"내 계획을 듣고 장사가 잘될 것 같으면, 아무런 조건 없이 장사 밑천을 꿔 주시겠소?"

"어디 한번 들어 보십시다."

"올해는 과일 농사가 잘 안 되었다고 들었소. 그래서 전국을 다니면서 과일을 모두 사들일 생각이오. 그러면 과일값이 오를 테니 그때 이익을 남겨서 되팔 생각이오. 어떻소, 내 계획이?"

선비의 말을 들은 최만석이 고개를 저었어요.

"과일은 보관하기가 어려워서 우리 같은 장사꾼들도 별로 관심이 없는 물건인데……. 게다가 귀한 물건이라 가난한 백성들은 사지도 않아요."

최만석의 말에 선비가 웃으며 말했어요.

"바로 그 점을 생각한 거라오. 다른 장사꾼들은 관심이 없으니 물건을 사들이기가 쉽지 않겠소? 게다가 돈 있는 사람이나 사는 물건이니 값이 비싸도 팔릴 수 있다는 거요. 하다못해 제사 때만이라도 과일이 필요하지 않겠소?”

선비의 말에 최만석이 잠시 생각하더니 무릎을 탁 쳤어요.

“그렇군요. 곧 설날도 다가오니 차례를 지내려면 과일이 필요하겠군요. 그것 참 좋은 생각이십니다. 그렇다면 내가 돈을 빌려 주겠소. 그 대신 이자는 꼭 계산해야 합니다.”

최만석은 선비의 말만 듣고 많은 돈을 빌려 주었어요.

"고맙소. 내 이 은혜는 잊지 않으리다. 그리고 한 가지 부탁이
더 있소이다."

"말씀해 보시지요. 내 들어 드리지요."

"장사 경험이 많은 사람 가운데 믿고 일을 맡길 만한 사람 좀 구
해 주시오."

최만석은 그 자리에서 집사를 불러 믿을 만한 사람을 모으게 했
어요. 집사는 곧 십여 명의 장사꾼들을 모아 왔어요. 최만석이 워
낙 인심이 좋아서 사람들을 금방 모을 수 있었던 거지요.

최만석이 장사꾼들에게 말했어요.

"자네들은 오늘부터 이 선비님을 모시고 선비님이 시키는 대로
하게. 아마 큰돈을 벌 수 있을 거야."

장사꾼들은 그렇게 선비를 따라나섰어요.

"자네들은 지금부터 과일이 많이 나는 곳을 돌아다니면서 과일을 있는 대로 사 모으게. 하지만 금방 썩는 과일은 사지 말게. 오랫동안 보관할 수 있는 과일을 사서 모으도록 하게. 특히 대추, 밤, 배, 사과, 감 등 제사에 필요한 과일은 조금도 남기지 말고 몽땅 사 오도록 하게나."

선비의 지시에 따라 장사꾼들은 온 나라로 흩어져 과일을 사 모으기 시작했어요. 선비는 큰 창고를 지어 놓고 장사꾼들이 사들이는 과일을 잘 보관했어요. 얼마 지나지 않아 전국의 과일은 거의 모두 선비의 창고에 쌓였어요.

'흠, 이제 값이 오르기만 기다리면 되겠군.'

선비는 창고에 쌓아 둔 과일을 하나도 팔지 않고 값이 오르기를 기다렸어요.

드디어 설날이 다가왔어요. 사람들은 제사 지낼 과일을 찾느라고 난리가 났어요. 하지만 과일은 선비가 다 사들였기 때문에 아무 데도 없었지요. 과일값은 하늘 높은 줄 모르고 치솟았어요.

'값이 열 배나 올랐으니 이제 팔아 볼까.'

선비는 다시 장사꾼들을 불렀어요. 장사꾼들은 과일을 사 모을 때 선비에게 많은 돈을 받았기 때문에 선비가 부르자 두말없이 금새 달려왔어요.

"자, 이제 과일을 내다 파세나. 값이 열 배나 올랐으니 열 배 값을 받고 팔도록 하게나."

이렇게 해서 선비는 큰돈을 벌었어요. 물론 돈을 빌려 준 객주 최만석 덕분이었지요.

객주에서 은행까지

우리가 쓰는 물건들은 생산에서 소비까지 여러 사람을 거쳐 우리에게 와요. 그 중간 과정을 유통이라고 하지요. 객주는 이 유통 과정에서 상인들이 물건을 사고파는 것을 돕는 사람이에요. 그럼 객주에 대해 좀 더 알아볼까요?

객주가 하는 일은 매우 다양했어요. 생산자와 상인 혹은 상인과 상인을 연결해 주는 일에서부터, 물건을 보관하고 운반하는 일, 상인들에게 장사에 필요한 돈을 빌려주는 일까지도 했지요.

그래서 객주의 종류에도 여러 가지가 있었어요. 금융업을 주로 하는 '환전 객주', 숙박업을 주로 하는 '보행 객주', 부피가 크고 무거운 곡식, 소금, 어물 등을 취급하는 '여각', 가정에서 쓰는 일상용품을 취급하는 '무시 객주' 등이 있었지요. 그 밖에 중국 상인을 상대하는 '만상 객주', 보부상을 주로 상대하는 '보상 객

보부상은 객주를 통해 장사할 물건을 받기 때문에 객주와 매우 긴밀한 관계였어요.

주' 등도 있었어요. 또 이 모든 일을 다 하는 규모가 아주 큰 객주는 '물상 객주'라고 불렀답니다.

객주가 도매상의 일은 물론 은행의 역할까지 했다니, 정말 놀라워요. 그럼 오늘날의 은행으로 한번 가 볼까요?

우리나라 사람이 처음 세운 은행은 1897년에 생긴 '한성은행'이에요. 우리나라의 중앙은행인 '한국은행'은 1950년에 세워졌지요. 한국은행은 나라의 은행으로, 화폐를 새로 찍거나 일반 은행에 돈을 빌려주는 일 등을 해요.

일반 은행에서는 예금 업무를 기본으로 해요. 우리가 은행에 돈을 맡기면 은행에서는 이자를 주지요. 은행에서는 우리가 예금한 돈을 다른 사람에게 빌려 주고 이자를 받아 이익을 남겨요. 이를 대출 업무라고 해요. 또 외국돈을 바꿔 주거나, 먼 거리에 있는 사람에게 돈을 보내 주는 일 등도 한답니다.

한국은행

말이나 사람을 이용한 통신 수단

파발

전화도 인터넷도 없던 옛날에는 어떻게 급한 소식을 전했을까요? 조선 시대에는 파발이라는 통신 제도가 있었어요. 어떤 모습이었는지 다음 이야기를 잘 들어 보세요.

의주 관아가 갑자기 술렁거리기 시작했어요.

"무어라? 명나라에서 사신이 오고 있다고? 아니, 연락도 없이 갑자기 무슨 사신이란 말이냐?"

의주 목사는 당황해서 어쩔 줄 몰랐어요. 목사는 지방 고을을 다스리는 벼슬의 이름이에요.

"사또, 명나라 사신 일행이 벌써 배에서 내렸다 합니다. 어서 영접할 채비를 하시지요."

"오냐, 알았다. 그런데 조정에서도 아직 모르고 있지 않겠느냐? 조정에서 알고 있다면 기별을 보냈을 터인데, 아무런 기별이 없는

걸 보니 모르고 있는 게 분명하다. 어서 조정으로 사람을 보내 사신이 왔다는 사실을 알려라."

의주 목사는 황급히 명나라 사신을 맞으러 떠났어요. 그 사이 관아에서는 말을 잘 타는 군사 김두수를 파발꾼으로 뽑았어요. 파발꾼은 나라의 중요한 문서를 전달하는 역할을 맡은 사람이지요.

"시간이 없으니 직접 가거라. 역에서 다른 파발꾼과 교대하지 말고, 말만 바꾸어 타고 네가 직접 가거라. 알겠느냐?"

"예, 알겠습니다. 다녀오겠습니다."

김두수는 마구간에서 내어 준 말에 올라탔어요.

"이랴! 가자!"

김두수는 말을 타고 힘차게 달렸어요. 이십오 리를 달리자 첫 번째 역이 나타났어요.

"나는 의주에서 한양으로 가는 파발꾼이오."

김두수는 말 한 마리가 그려진 마패를 보여 주었어요.

"내가 타고 온 말이 물과 여물을 마음껏 먹도록 해 주시오. 말을 바꿔 타지 않고 다음 역까지 갈 생각이오."

말이 물과 여물을 실컷 먹고 나자 김두수는 바로 출발했어요. 그렇게 한나절을 달렸더니 말의 걸음이 느려지기 시작했어요.

"오, 네가 힘든 모양이구나. 다음 역에서는 쉬게 해 주마. 어서 조금만 더 가자."

김두수는 말을 다독이며 달렸어요. 하지만 말은 걸음이 점점 느려지더니, 다리를 삐었는지 절뚝거리기까지 하였어요. 김두수는 하는 수 없이 말에서 내려 말을 끌고 걸어가야 했어요.

역에 도착했을 때는 이미 어두운 밤이 되었어요.

"나는 의주에서 한양으로 가는 파발꾼이오. 오늘 밤 여기서 쉬어 갈 생각이오. 그러니 내일 아침 일찍 출발할 수 있도록 말 한 필을 준비해 주시오."

그러자 역의 책임자인 역장이 당황한 표정을 지었어요.

"우리 역에는 늙고 병든 말밖에 없는데 큰일 났구먼. 자네가 타고 온 말이 건강해 보이니, 그냥 그 말을 타고 가게나."

그 말에 김두수가 역정을 냈어요.

"지금 이 말이 절뚝거리는 걸 보면 모르오. 이 말은 다쳐서 달릴 수가 없단 말이오."

하지만 역장은 난처한 표정을 지을 뿐이었어요.

"쓸 만한 말이 없는 걸 어쩌겠나. 자네 같은 파발꾼들이 저렇게 병든 말만 두고 떠나니, 온전한 말이 있을 수가 있나, 원……."

역장의 처지도 모를 바는 아니었으나, 김두수도 한가한 처지는 아닌지라 어찌 되었든 말을 구해야 했어요.

"나는 의주 목사의 명을 받고 조정에 급한 기별을 하러 가는 길이니, 고을 사또의 말이라도 끌고 오시오."

한참 난처한 기색을 하고 있던 역장이 기발한 생각이나 한 것처럼 무릎을 치며 말했어요.

"그렇다면 여기부터 보발을 띄우세. 자네는 여기서 기다리고 우리 파발꾼 중에 발 빠른 자를 보내겠네."

'보발'은 사람이 직접 걸어가는 파발이에요. 김두수처럼 말을 타고 가는 파발은 '기발'이라고 하지요. 보발이 기발보다 느리다는 것은 누구나 아는 사실이었어요.

"이보시오. 그렇게 한가한 상황이라면 의주 목사가 기발을 띄웠겠소. 한가한 소리 그만두고 어서 말 구할 생각이나 하시오."

김두수는 화가 나서 숙소로 들어가 버렸어요.

한편 역장은 고민에 빠졌어요.

'이런. 나보고 어쩌란 말이야. 말을 대 주고 역을 지키라고 해야지. 그나저나 어쩐다. 어디 가서 말을 구한다? 그 파발꾼이 타고 온 말은 아주 건강해 보이던데, 도대체 어디가 잘못되었다는 거야? 거 참 이상하군.'

역장은 마구간으로 가서 김두수가 타고 온 말을 살펴보았어요. 역졸들도 걱정되어 역장을 따라 마구간으로 갔어요. 말은 절뚝거리기는 해도 다리에 이상이 있는 것 같지는 않았어요.

'그렇다면……'

역장은 말의 발을 살펴보다가 갑자기 말의 엉덩이를 '철썩' 때렸어요. 그러자 말이 깜짝 놀라 뒷발질을 했지요.

"오호! 이것 봐라. 말발굽이 떨어졌으니 절뚝거릴 수밖에. 애들아, 이 말의 발굽을 갈아 주어라. 하하하."

역장은 십 년 묵은 체증이 내려갔다는 듯 호탕하게 웃고는 역졸들을 시켜 말발굽을 갈게 했어요.

드디어 다음 날 아침이 되었어요. 떠날 짐을 모두 꾸린 김두수가 마당으로 나왔어요.

"말은 준비되었소?"

그러자 역장이 마구간을 향해 소리를 질렀어요.

"애들아, 어서 말을 끌어다 주어라."

역졸이 끌고 나오는 말을 본 김두수는 화를 벌컥 냈어요.

"이보시오. 저 말은 다쳤다고 하지 않았소."

그런데도 역장은 히죽히죽 웃을 뿐 대꾸도

하지 않았어요.

"나는 의주 목사의 명을 받고 조정으로 급한 기별을 전하러 가는 사람이란 말이오. 이 마패가 보이지도 않소?"

김두수가 마패를 흔들며 소리를 질렀어요.

"누가 뭐라고 했는가? 우리가 가진 말보다 자네가 타고 온 말이 더 기운이 좋으니, 그 말을 타고 가라는 게지."

역장의 말에 김두수는 뭔가 이상하다는 생각이 들어 말을 이리저리 걸려 보았어요. 신기하게도 말은 절뚝거리지 않았지요.

"아니, 이게……."

그때 역장이 말했어요.

"이 사람아. 말을 타는 사람이 말발굽 떨어진 것도 모르고 있었단 말인가? 그것도 의주 목사의 명으로 조정에 급한 기별을 전하러 가는 파발꾼이 말이야."

역장이 놀리듯 말하자 김두수는 얼굴이 빨개졌어요. 그리고 그대로 말에 올라 도망치듯 말을 빠르게 몰았지요. 말은 힘차게 잘도 달렸답니다.

파발에서 스마트폰까지

멀리 이사 간 친구에게 소식을 전할 때 여러분은 어떻게 하나요? 아마 전화나 편지로 안부를 전할 수 있을 거예요. 그럼 전화도 우체국도 없던 옛날에는 어떻게 했을까요? 그 궁금증을 이제부터 풀어보도록 해요.

옛날에는 파발이 있었어요. 파발은 조선 시대에 국경 지역과 수도 한양 사이의 연락 업무를 빠르게 하려고 설치한 특수 통신망이지요.

파발에는 사람이 직접 소식을 전하는 '보발'과 말을 타고 가는 '기발'이 있어요. 또 최초의 파발꾼이 목적지까지 가는 '직발'과 중간 역에서 임무를 교대하는 '간발'이 있지요.

나라에서는 이십오 리나 삼십 리마다 역 또는 참을 두어 지친 파발꾼이 쉬어 가거나 임무 교대를 할 수 있게 했어요.

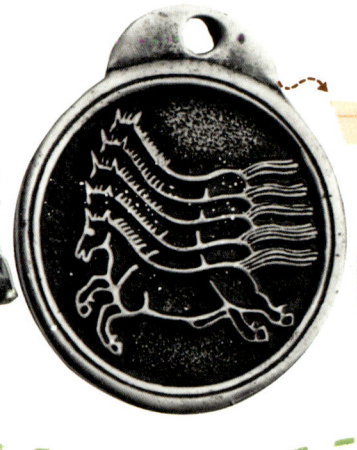

마패

파발꾼이 역에서 말을 바꿔 타려면 마패가 있어야 했답니다.

전국에는 크게 세 개의 파발망이 있었어요. 한양에서 의주까지의 '서발', 한양에서 경흥까지의 '북발', 그리고 한양에서 동래까지의 '남발'이 그것이에요. 이 가운데 중국과의 연락 관계가 중요시되었던 서발만 기발이고, 나머지는 보발이었답니다.

오늘날에는 우체국은 물론 다양한 통신 수단이 생겨 보다 쉽고 빠르게 소식을 전할 수 있게 되었어요.

우리나라 최초의 우표

1884년 생긴 '우정총국'은 우리나라에 처음 생긴 우체국이에요. 이때 우리나라 최초의 우표도 발행되었지요.

오늘날 우체국에서는 편지나 전보를 전해주는 업무뿐만 아니라, 예금과 보험 업무도 하고 있어요. 또 세금과 전기 요금, 전화 요금 등도 우체국에 낼 수 있어요.

요즘은 편지나 전보 대신 전화나 이메일, 트위터나 페이스북 등을 통해 소식을 전하는 사람이 더 많아졌어요. 또 최근에는 스마트폰이 개발되어 언제 어디서나 영상통화를 할 수 있고, 세계 어디로도 바로바로 이메일을 보낼 수 있게 되었답니다.

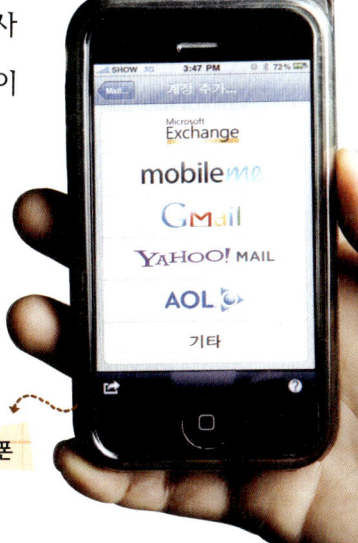

스마트폰

한 고을의 일을 처리하던 자치 기관

향청

방자가 뒤뚱거리며 가마골로 달려왔어요. '방자'는 관
아에서 방에 불을 지피거나 변소를 청소하는 종이에요.

"가마골 이 풍헌님 댁이 어디입니까요?"

방자는 지나가는 사람을 붙잡고 물었어요. '풍헌'은 마을의 여
러 가지 일을 돌보는 사람으로, 지금의 이장이나 통장과 같은 역
할을 했어요.

"방자 녀석이로구나. 저기 저 집이 이 풍헌님 댁이다."

지나가는 사람이 가르쳐 주자 방자는 고개를
굽실하고는 이 풍헌 집으로 달려갔어요.

"풍헌님, 빨리 오시라는 기별입니다요. 어서요, 어서요."

방자는 이 풍헌에게 다짜고짜 그렇게 말했어요. 이 풍헌은 어리둥절한 표정을 지었어요.

"이 녀석, 방자야. 서두르지 말고 차근차근 말해라. 누가 어디로 들어오라고 한단 말이냐?"

그러나 방자는 답답하다는 듯 제 가슴을 치며 이 풍헌의 옷소매를 잡아끌었어요.

"어서 가시자니까요. 빨리 가셔야 합니다요. 빨리 모셔 오라는 분부가 계셨습니다요. 어서요, 어서."

이 풍헌도 답답하기는 마찬가지였어요.

"그 녀석도 참……. 그래, 어디로 가면 되느냐?"

방자는 관아 쪽을 손가락으로 가리키며 말했어요.

"좌수 어른이 빨리 모셔 오라 했습지요. 오늘 저녁에 풍헌님들과 회의를 하시겠대요."

방자의 말에 이 풍헌이 하늘을 바라보았어요. 해는 하늘 한가운데에 떠 있었어요. 저녁때가 되려면 아직도 멀었던 거지요.

"저녁이라면 아직 시간이 많이 남았지 않느냐? 왜 이리도 서두른단 말이냐?"

이 풍헌의 말에 방자가 대답했어요.

"그야 소인 놈에게는 시간이 모자라니 그러는 것이지요. 소인 놈은 샘골에도 기별해야 하고, 재너머에도 다녀와야 하는걸요."

이 풍헌은 어이없다는 표정을 지었어요. 그러고는 방자의 등짝을 '철썩' 때렸지요.

"이 녀석아. 그럼 어서 샘골로 달려가 기별을 전하거라. 바쁜 건 네놈이지 내가 아니니라."

방자는 '헤헤' 웃고는 샘골로 달려갔어요. 이 풍헌은 방자가 달려가는 모습을 보며 큰소리로 물었어요.

"그 똘똘한 통인 놈은 어디를 가고, 어수룩한 방자 네놈이 심부름하러 다니느냐?"

'통인'은 관아에서 사또의 심부름을 하는 종이에요. 이 풍헌의 물음에 방자가 달리다 말고 뒤돌아서서 말했어요.

"통인 녀석은 사또 나리 따라서 한양 갔습니다요."

방자가 떠나자 이 풍헌은 지난번에 관아에 바친 세금 장부를 살펴보았어요.

"흠, 이번에는 백성을 괴롭히는 호방을 혼내 주어야지. 백성들의 재산을 마구 빼앗아 가다니."

이윽고 해가 기울기 시작했어요. 이 풍헌은 깨끗한 옷으로 갈아
입고 향청으로 향했어요. '향청'은 고을 백성들을 대표하는 자치
기관이에요. 고을 책임자인 사또를 도와 고을의 여러 가지 일을
맡아 하는 곳이지요.

아직 시간이 일렀지만, 각 마을의 풍헌들은 벌써 와 있었어요.
방자가 하도 급하게 서둘러 댄 탓이지요.

잠시 후 향청의 우두머리인 좌수 영감이 들어왔어요. 그 뒤를 따
라 이방, 병방, 호방, 예방, 형방, 공방이 따라 들어왔지요.

'이방'은 사또의 오른팔 격인 벼슬이에요. 관아에서 일을 보는
사람들을 관리하고, 사또의 명령을 가장 가까이에서 받들지요. 사
또가 없을 때에는 사또의 역할을 대신하기도 해요. '병방'은 군졸

이방

병방

호방

을 관리하는 벼슬이에요. '호방'은 고을의 인구를 조사하여 세금을 매기는 일을 하는 벼슬이지요. '예방'은 교육이나 제사 등에 관한 일을 맡아 보는 벼슬이에요. '형방'은 범죄자를 다스리는 일을 하고, '공방'은 공업, 즉 농기구를 만들거나 고을의 큰 공사 등을 관리하는 벼슬이지요.

이방이 말했어요.

"모두 일찍 왔구먼. 다들 반갑네. 오늘은 우리 고을의 여러 문제를 얘기해 보기로 하세."

이방의 말이 끝나자 좌수 영감이 말했어요.

"다들 알고 있겠지만, 우리 고을 사또가 높은 벼슬을 받아 한양으로 올라가신 지 벌써 한참이 되었는데도 아직 새 사또가 오지

않으셨네. 그래서 여기 계신 이방 어른이 고을의 일을 처리하고 계시지 않는가. 그러니 오늘 이 자리에 모인 풍헌들이 마을의 문제를 이방 어른께 말씀드리게나."

그러자 샘골의 허 풍헌이 헛기침을 한 번 하고 입을 열었어요.

"샘골에는 먹을 것이 없어 굶는 사람이 여럿 있습니다. 지금은 마을에서 곡식을 모아 나눠 주고 있지만, 그게 얼마나 갈지는 알 수 없지요. 그러니 관아에서 좀 도와주셨으면 합니다."

허 풍헌의 말에 이방이 호방을 바라보았어요.

"우리 고을에 그런 불쌍한 사람이 있었던가. 그렇다면 미리 관아에 알렸어야지. 호방은 알고 있었는가?"

호방이 말했어요.

"저도 미처 모르고 있었는걸요. 사실을 알아보고 도와줄 방법을 찾아보도록 하겠소."

호방의 말에 허 풍헌이 고개를 숙여 고맙다는 시늉을 하였어요. 그때 가마골의 이 풍헌이 이맛살을 찌푸리며 못마땅한 목소리로 말했어요.

"가마골에서도 호방 어른께 드릴 말씀이 있수. 우리 가마골은 작년에 농사가 잘 안 됐는데도 세금을 많이 걷어 갔는데, 어찌 된

일인지 모르겠수. 가마골 백성들이 하도 불만이 많아 내가 지난번에 그 일을 호방 어른께 말씀드린 게 아니우. 그런데 몇 달이 지나도 아무런 말씀이 없으니 답답한 노릇이우. 어찌 된 일인지 속 시원히 말 좀 해 주오."

이 풍헌의 말에 호방의 얼굴이 빨개졌어요. 모두 호방의 얼굴만 바라보았어요. 곧 호방이 목청을 가다듬고 말했어요.

"그게 무슨 말인가. 가마골에서 무슨 세금을 많이 걷었다는 게야? 관아에서 하는 일인데 그럴 리가 있나."

호방이 그렇게 변명했지만, 이 풍헌은 물러서지 않았어요.

"이제 와서 왜 그러시우. 세금을 걷어 갈 때는 사또 나리가 시킨 일이라고 해서 아무 말도 못 했지만, 너무 억울하오. 여기 있는 정 풍헌이나 허 풍헌도 다 아는 일이오."

그러자 재너머골 정 풍헌이 벌떡 일어났어요.

"이제야 말씀이지만 우리 마을에서도 세금을 많이 걷어 가지 않았소? 그때도 호방 어른은 사또가 시킨 일이라고 했지요."

잠자코 듣고만 있던 좌수 영감이 호방을 노려보며 말했어요.

"다른 마을에서도 그런 일이 있었는가? 호방이 사또가 시키는 일이라고 세금을 많이 걷었는가 말일세."

　그러자 풍헌들은 모두 그렇다고 대답했어요. 호방은 얼굴이 벌게진 채 아무 말도 못 하고 식식거리기만 했고요. 그러자 이방이 형방에게 말했어요.

　"형방. 지금 당장 호방을 옥에 가두게. 새 사또가 오시면 호방의 죄를 다스리겠네."

　그렇게 해서 호방은 결국 옥에 갇히게 되었답니다.

향청에서 주민센터까지

나라에서는 지방 관청을 두어 주민들을 보살펴요. 중앙의 큰 관청은 지방 곳곳의 사정을 다 헤아리지 못하니까요. 조선 시대에는 특히 향청이라는 기관을 두어 지방 관청을 돕도록 했어요. 과연 향청은 어떤 모습이었을까요?

　향청은 고을의 자치 기관이에요. 고려에서 조선 초까지 있었던 유향소에서 비롯되어, 성종 임금 때인 1489년에 처음 설치되었어요.

　향청의 우두머리는 '좌수'라고 불렀어요. 좌수는 고을의 최고 어른인 셈인데, 보통은 벼슬에서 물러난 양반이 맡았지요. '풍헌'은 좌수보다 낮은 직책으로 지금의 이장이나 통장과 같은 일을 했어요.

　처음 향청이 생겼을 때는 지방 관리를 감시하는 일을 했어요. 그러다 나중에는 사또의 명을 받아 고을 일을 돕는 역할을 하게 되었지요.

전라북도 고창읍성의 향청

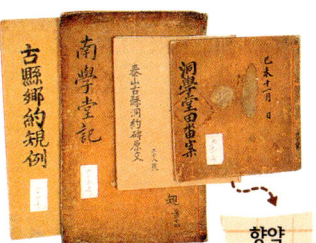

향청에는 '향약'이라는 자치규약이 있었어요. 향약에는 좋은 일은 서로 권하고, 잘못은 서로 바로잡아주며, 예의는 서로 권하고, 어려운 일이 있으면 서로 도와준다는 내용이 담겨 있지요.

오늘날에는 각 지역 주민센터가 향청의 역할을 하고 있어요. 그럼 우리 동네 주민센터로 함께 가 볼까요?

우리 가까이에 있는 지방 관청으로는 주민센터나 주민회관이 있어요. 이곳들은 마을 사람들이 어떻게 살고 있는지 살펴서 어려운 일이 생기면 시청이나 군청, 또는 도청의 도움을 받아 해결해 주지요. 또 출생 신고, 사망 신고, 주민등록증 발급 등 각종 민원을 처리하는 곳이기도 해요.

통장이나 이장은 공무원은 아니지만, 마을의 중요한 일을 주민센터에 알리고, 나라에서 하는 여러 가지 일을 다시 마을 사람들에게 알려 주는 다리 구실을 한답니다.

주민 센터에는 문화 교실, 공부방 등도 있어요.

교과가 튼튼해지는

우리 것 우리 얘기

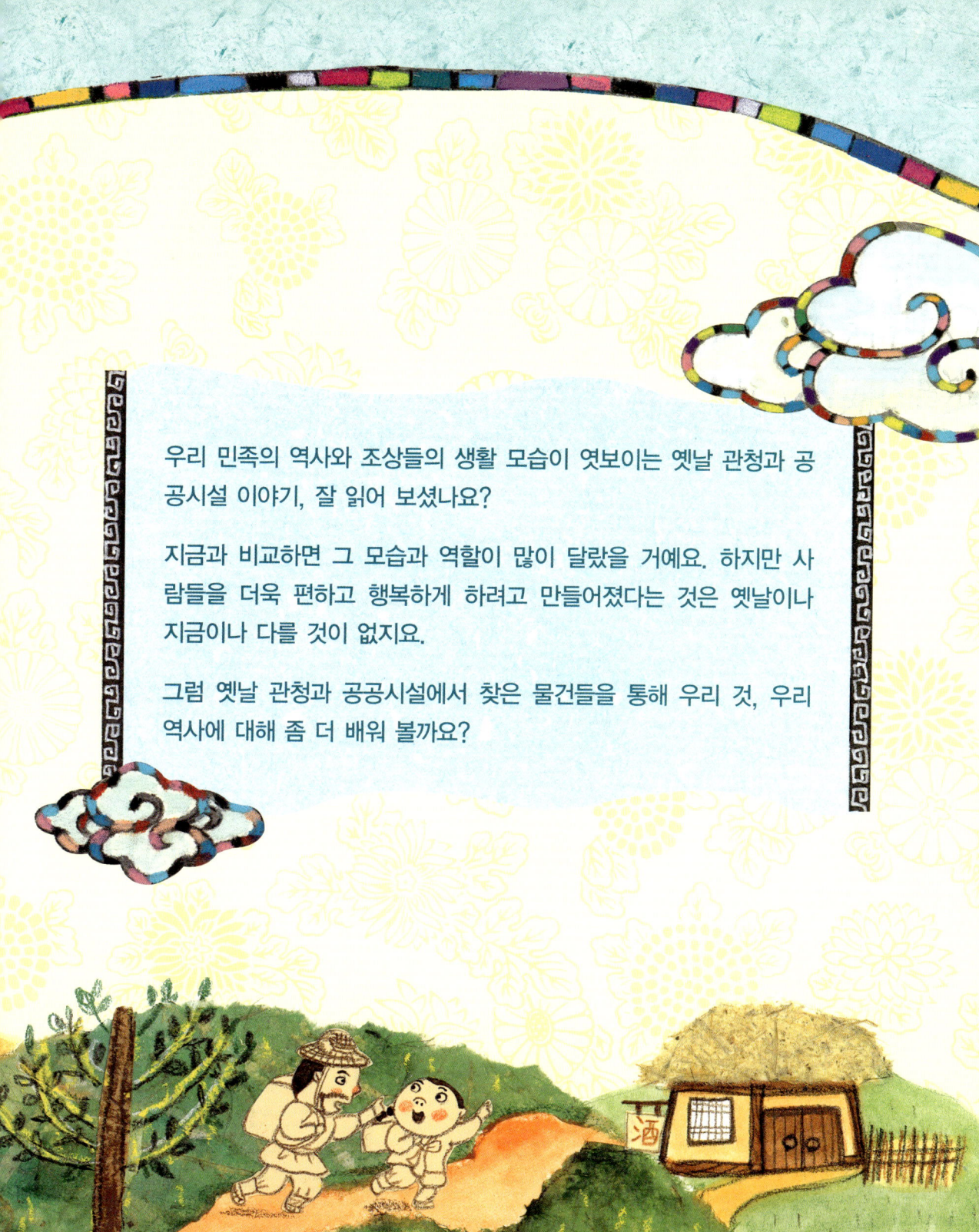

우리 민족의 역사와 조상들의 생활 모습이 엿보이는 옛날 관청과 공공시설 이야기, 잘 읽어 보셨나요?

지금과 비교하면 그 모습과 역할이 많이 달랐을 거예요. 하지만 사람들을 더욱 편하고 행복하게 하려고 만들어졌다는 것은 옛날이나 지금이나 다를 것이 없지요.

그럼 옛날 관청과 공공시설에서 찾은 물건들을 통해 우리 것, 우리 역사에 대해 좀 더 배워 볼까요?

옛날 관청과 공공시설에서 발견한

이런 물건, 저런 물건

객주에서 찾은 물건
패랭이와 신표

'패랭이'는 조선 시대 신분이 낮았던 상인과 천민이 평소에 쓰던 모자예요. 보부상들이 많이 쓰고 다녔기 때문에 오늘날 보부상의 상징과도 같은 물건이 되었지요.

'신표'는 보부상들이 객주와 물건을 주고받고 남기는 증명서나 영수증 같은 표를 말해요. 신표에는 보부상 상단 고유의 도장을 찍어 증거를 남겼답니다.

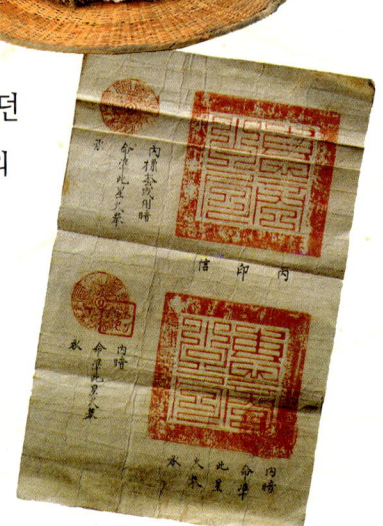

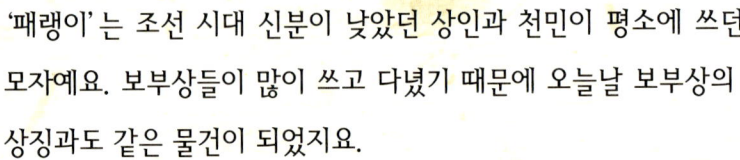

보부상들이 신표에 찍던 도장과 인궤(도장을 보관하던 상자)예요.

'소반'이란 음식을 나르거나 방에 놓고 식탁처럼
사용하는 상을 말해요. 전통 가옥에서는 부엌이
방과 떨어져 있고, 그릇도 무거운 놋그릇이나 사기그
릇을 사용했기 때문에 가벼우면서도 튼튼한 나무로 만든 소반
을 사용했지요. 그 중 '개다리소반'은 상다리 모양이 개의 다리
처럼 휘어 있다고 하여 붙여진 이름이랍니다.

미운 아이 떡 하나 더 주고,
고운 아이 매 한 대 더 준다!

우리 조상들은 특히 자녀 교육에 엄했어요.
그래서 옛날 부모님들은 서당 훈장님에게
'회초리'를 보내기도 했지요. 회초리는 어린
아이를 때릴 때 쓰는 매로, 싸리대나 가는 나뭇가지로 만들어요. 훈장님은 회초리로 쓰고
남은 싸리대로 싸리비를 만들어 장에 내다 팔기도 했어요. 그래서 부모님들은 훈장님의
부수입을 생각해 싸리를 많이 꺾어다 주었다고 해요.

《일성록》'은 국보 제153호로, 조선 영조 36년(1760년) 1월부터 1910년 8월까지 조정의 일과 내외의 신하들에 관한 임금의 일기예요. 규장각을 세운 정조 임금이 세자 시절부터 쓰던 일기에서 비롯되었으며, 그 뒤 조정의 공식적인 업무로 계속 기록되었다고 해요. 이 책에는 국가 의례에 사용된 문장, 과거의 답안, 신하들의 상소문 등 다양한 자료가 실려 있어, 《조선왕조실록》과 함께 조선 시대를 연구하는 데 매우 귀중한 자료가 되고 있답니다.

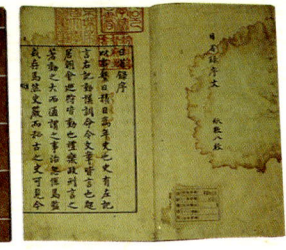

《일성록》은 '매일의 생활을 반성하는 일기' 라는 뜻이에요.

육의전에서 찾은 물건
무명

육의전 중 하나인 면포전에서는 무명을 팔았어요. 무명은 우리나라 전통 직물로, 옷, 이불, 생활용품 등에 두루 쓰였어요. 무명의 원료는 목화인데, 고려 말 문익점이 중국 원나라에서 들여왔지요. 조선 초가 되면서 무명은 쌀과 함께 화폐 구실을 할 정도로 널리 퍼졌고, 일본과의 주요 교역품 중 하나이기도 했답니다.

무명을 세는 단위는 '필' 이에요. 한 필은 20m 정도이지요.

'조족등'은 포졸이나 순라군이 밤에 순찰을 할 때 사용하던 등이에요. 등불이 발을 비춘다 하여 붙여진 이름인데, 도적을 잡을 때 쓴다고 하여 '도적등'이라고도 불렀답니다.

'통부'는 조선 시대의 야간 통행증이자 궁궐 출입증이에요. 포도부장은 범인을 잡을 때 반드시 이 통부를 보여 주어야 했지요.

'약탕기'는 약을 달일 때 사용하는 그릇이에요. '약작두'는 한약 재료를 자르는 도구이고요. 한약은 약재를 약작두로 작게 자른 뒤, 물과 함께 약탕기에 넣어 오랜 시간 달여 만들지요. 약탕기를 만드는 재료로는 은을 으뜸으로 쳤어요. 은은 독이 묻으면 색이 변해서 달이는 약이 안전한지 위험한지 바로 알 수 있거든요. 하지만 너무 비싸 일반 백성들은 흙이나 돌로 만든 약탕기를 썼다고 해요.

〈오십 빛깔 우리 것 우리 얘기〉 시리즈
권별 교과 연계표

 국어 사회 과학 도덕 음악 미술

 체육 실과 바른 생활  슬기로운 생활   즐 즐거운 생활

- 신 나는 열두 달 명절 이야기   사 3-2   사 5-1   사 5-2   슬 1-2
- 관혼상제, 재미있는 옛날 풍습   국 1-2   국 4-1   사 3-2   사 5-2
- 조상들은 어떤 도구를 썼을까   국 2-2   사 3-1   사 5-1   사 5-2
- 옛날엔 이런 직업이 있었대요   국 5-1   국 6-2   사 3-1   사 4-2
- 꼭 가 보고 싶은 역사 유적지   국 4-1   국 4-2   사 6-1   사 6-2
- 신토불이 우리 음식   국 3-1   사 3-1   사 5-1   사 6-2
- 어깨동무 즐거운 우리 놀이   국 4-1   사 5-2   체 4   즐 1-2
- 나라를 다스린 법, 백성을 위한 제도   사 3-2   사 4-1   사 6-1   사 6-2
- 하늘을 감동시킨 효자 이야기   도 3-1   도 5   바 1-1   바 2-2
- 오천 년 지혜 담긴 건물 이야기   국 4-1   국 4-2   사 5-1   사 5-2
- 세계가 놀란 발명 이야기   국 3-1   국 5-2   사 3-1   사 5-2
- 빛나는 보물 우리 사찰   국 4-1   사 6-2   바 2-2
- 나라의 자랑 국보 이야기   국 5-2   사 6-1   사 6-2   바 2-2
- 나라를 지킨 호랑이 장군들   국 4-2   국 6-1   사 6-1   바 2-2
- 오천 년 우리 도읍지   국 4-1   사 5-2   사 6-1
- 하늘이 내린 시조 임금님들   국 6-2   사 5-2   사 6-1   바 2-2
- 옛날 관청과 공공시설   사 3-1   사 3-2   사 6-1   사 6-2
- 옛사람들의 우정 이야기   국 4-1   국 6-2   도 3-1   바 1-1
- 얼쑤, 흥겨운 가락 신 나는 춤   국 6-1   국 6-2   사 3-1   음 3
- 아름다운 독도와 우리 섬   국 2-1   국 4-1   국 5-2   사 4-1
- 본받아야 할 우리 예절   국 3-2   도 4-1   바 2-1   바 2-2

오십 빛깔 우리 것 우리 얘기 17

옛날 관청과 공공시설

초판 1쇄 인쇄 | 2011년 2월 28일
초판 1쇄 발행 | 2011년 3월 11일

글쓴이 | 우리누리
그린이 | 이종은

발행인 | 김상규
본부장 | 신수진
책임 편집 | 이정은
편집 | 최은정, 박경화
마케팅 | 최승철

디자인 | 레드스튜디오
인쇄 | 동양인쇄

발행처 | 주니어중앙
등록 | 2011년 1월 21일 제301-2011-015호
주소 | (100-120) 서울시 중구 정동 1-28번지
편집문의 | (02)319-1782
구입문의 | 1588-0950
팩스 | (02)319-1788

ⓒ 우리누리 2011

ISBN   978-89-278-0109-2 14800
       978-89-278-0092-7 14800(세트)